ポルタ文庫

# あやかしアパートの臨時バイト
## 鬼の子、お世話します！

三国 司



新紀元社

# CONTENTS

# 幸運の座敷童

「打ち切り……打ち切り……」

出版社からの帰り道。

藤崎葵《ふじさきあおい》は、死んだ目で虚空を見つめながらぶつぶつと呟いた。

葵はプロになって二年以上経つ、売れない漫画家だ。最初のうちは読み切りばかり描いていたが、半年前にようやく連載を取ることができた。

しかし、その連載漫画も人気が出ずに早々に打ち切りが決まった——という知らせを、たった今、担当編集者から告げられたのだ。

「しかも……コミックスも、出すのは……難しいとか……そんな……」

葵はゾンビのように歩きながら独り言を言う。擦れ違う人が不審そうに葵を見ていたが、そんなこと気にしていられない。コミックスが出なければ印税も入ってこない。つまり、当てにしていた収入がなくなり、生活が立ち行かなくなるのだから。

「ただでさえ……生活が苦しいのに……これ以上……」

駅前の通り沿いに建っている、ブランドショップのショーウィンドウに葵の姿が映る。それに気づくと、葵は自分の姿をまじまじと観察した。

染めていない黒い髪は我ながら綺麗《きれい》だと思うが、しばらく美容院に行っていないので胸の下まで伸びている。服装は地味で、おしゃれさが足りない。コンタクトを買うお金が惜しくてずっと眼鏡をかけているし、全体的にあか抜けない。

そんな自分の姿を見て、もうそろそろ潮時かも、と葵は思った。

漫画家を続けることは諦めて、ちゃんとした仕事に就くべきなのかもしれない。そして服や化粧品など、自分自身にも必要最低限のお金をかけるべきなのかも。

「もう二十三歳だし……」

いつまでも夢を追って貧乏暮らしはしていられない。ずれた眼鏡を直すと、葵は駅に向かってまた歩き出す。

「でもあと一回だけ……。それで駄目なら、才能がなかったんだって諦めよう」

もう一度だけ新作にチャレンジして、駄目なら漫画家は辞める。

子供の頃から要領は悪いし、失敗を恐れて行動が遅くなる。些細なことでいちいち傷ついて、上手く行くものも上手くいかなくなる。そんな自分が人よりちょっとだけ上手にできるもの、それが絵を描くことだったが……。

「本当に才能のある人には敵わない。私みたいに、何をやっても駄目な人間は」

暗い声でつぶやく葵の頭の中に母の姿が浮かんだ。

『どうして葵はお姉ちゃんみたいにできないのかしら？』

美人で優秀な姉と比べられて育ったせいか、葵は自分に自信を持てなかった。学校の成績は姉の方がよかったし、ピアノにスイミングに習字、同じ習い事をしても姉の方がずっと上手だった。服だってそう、同じ可愛い洋服を買ってもらっても姉の方が似合っていた。

「漫画家……辞めたら辞めたでお母さんにまた色々と言われるんだろうな」

漫画家になる時も、『そんないい加減な仕事につくのはやめて、お姉ちゃんみたいにちゃんとした会社に入りなさい』と小言をたくさん言われたが。

だいたい、姉が優秀過ぎるのも悪いのだ。子供の時からずっと成績優秀で、美人で明るく、友達も多い。有名大学を卒業後は一流企業に入り、旦那さんと出会って結婚、出産。今はしっかり仕事をこなしながら三歳の女の子を育てている。

こんな完璧な姉と比べられたら、誰でも駄目な人間ということになってしまう。

「いや……お姉ちゃんのせいにしちゃいけない。私がほんとに駄目なだけなんだから。……って、こういう卑屈なところも駄目だ。もう駄目駄目だ。全部駄目だ、私」

葵は一度立ち止まって天を仰いだ。絶望しているというのに太陽が眩しい。

と、その時、鞄の中でスマートフォンが鳴ったので取り出して確認する。

「ひー！　お母さんから電話だ」

葵は顔を引きつらせた。数か月に一度、元気にしてるかと確認の電話がかかってくるので今回もそれだろう。仕事人間の父のように全く連絡が来ないのも寂しいが、今はタイミングが悪い。声から元気がないのがバレるだろうし、そうすれば仕事が上手くいっていないと気づかれるかもしれない。

今は母と話す気力がなかったので、葵はスマートフォンが静かになるまで『お母さん』の表示が出ている画面を見守った。

そして呼び出し音が止まると、息を吐いて再び歩き出す。

「ふぅ……」

母のことは一旦忘れ、まずはこれからの生活のことを考えないといけない。当面の生活費を稼ぐため、バイトを探さなければ。新作が駄目だった場合はちゃんとした就職口を探すことになるので、短期のバイトを見つけた方がいいだろうか。

あとはもっと安い家賃の賃貸物件も探した方がよさそうだ。今のマンションも間取りは1Kで安いのだが、もう切り詰められるところは家賃くらいしかない。引っ越しにもお金はかかるが、長い目で見れば住むところを変えた方が経済的だろう。

「安いアパート、それにバイト……」

いいところが見つかるといいけれど、と考えながら葵は駅に入っていく。乗車賃さえ惜しいと思いながら、しかし家まで歩くには大変な距離なので電車に乗り、最寄り駅に着いた。

ここはそこそこ大きな駅で、平日の夕方である今もたくさんの人が行き交い、混雑している。

葵は打ち切りのショックとこれからの生活に対する不安に苛まれながら、背中を丸めて構内をとぼとぼと歩いていた。

しかしそこでふと、通路の端に小学生らしき女の子がぽつんと立っていることに気づく。

学校の帰りなのだろうか、女の子は赤いランドセルを背負ったまま、きょろきょろと辺りを見回して不安そうな顔をしていた。

そして行き交う通行人に向かって声をかけようとしては無視されている。忙《せわ》しなく早足で歩いている通行人は気づかないのだ。

「迷子かな?」

誰かに声をかけたい、助けてほしいけれど勇気がない。そんな様子でいる女の子の気持ちが、葵は手に取るように分かった。

なぜなら葵も引っ込み思案で、知らない人にはなかなか声をかけられないタイプだからだ。道に迷った時、葵もああいう動作をする。

それにしてもこの辺を歩いている人たちは、どうして誰もあの女の子に声をかけないのだろう。

「みんな忙しいのかな」

余裕がなくて女の子に目がいかないのか、それとも女の子には気づいても、彼女が困っているとは思わないのかもしれない。中には女の子にちらっと目をやる人もいるが、足を止めることはなかった。

葵は周囲を見回し、女の子の親がいないことを確認してから彼女に近づく。

「大丈夫？　お母さんやお父さんは？」

葵が声をかけると、女の子は澄んだ黒い瞳をこちらに向けた。おかっぱ頭……いや、今風に言うとボブヘアの、大人しそうな可愛い女の子だ。

「あの……」

女の子は人見知りをして、緊張気味に小さな声を出す。駅の雑踏の中ではほとんど聞き取れない。

「わたし、駅に……。ママは家で……えっと」

「大丈夫、落ち着いて。困ったことがあるなら、お姉さんが協力するから。ね？」

葵は女の子を安心させようと、笑顔でゆっくり話した。すると女の子もホッとした様子で少し笑みを浮かべる。外見や雰囲気からして、葵が明らかに無害な人間だということが女の子にも分かってもらえたようだった。

「あのね、わたし、降りる駅を間違えたみたいです」

女の子はなんとか落ち着いたようだった。

「使元駅《つかもと》に行きたかったの……」

「使元駅ね。ここは使元駅の一つ手前の駅だよ。電車に乗ったらすぐに使元駅に着くからね。おいで」

葵は女の子を手招きし、改札の前まで連れて行った。そして彼女に尋ねる。

「お名前は何ていうの？」

「幸野《ゆきの》です。福富《ふくとみ》幸野。ほんとうは知らない人に名前をおしえちゃいけないって学校の先生に言われてるんですけど、お姉さんは大丈夫そうだから」

幸野はそう言ってにっこり笑った。

「ありがとう。私は藤崎葵っていうの。ところでこういうカードは持ってる？」

葵は交通系ＩＣカードを見せて尋ねる。幸野は同じカードを財布から取り出したが、困ったようにこう返してきた。

「これ、ママに借りたんですけど使えないみたい。ここに来る時には使えたのに……」

「使えないって？　ちょっと借りてもいい？」

カードを借りて改札を通ろうとするが、ピーッという通常とは違う音が鳴る。どうやら残高不足のようだ。

「じゃあ切符を買おうか。お金はある？」

葵が聞くと、幸野は申し訳なさそうに首を横に振った。

「今日はおこづかいを使う予定はなかったから……」

「分かった。大丈夫だよ」

葵は頷《うなず》いて、幸野と自分の分の切符を買った。ささいな出費も今は痛いが、ここでお金は惜しみたくない。

「はい、これ。私も幸野ちゃんと一緒に使元駅まで行くね。最近、この辺りで子供が攫《さら》われる事件が起きたでしょ？　だから一人で行かせるのは心配で」

一週間ほど前だろうか、母親と一緒に公園に行った三歳の男の子が攫われ、今も犯人は見つかっていない。母親がスマートフォンを見ていた隙に攫われたのだとか。

「知ってます、その事件。テレビで見たから。ありがとう、葵お姉さん」

「どういたしまして」

素直な幸野につられて葵も笑顔になる。一時期、仕事で忙しい姉の子供をずっと預かっていたことがあるが、やはり子供はみんな可愛いなと思う。

二人で改札を通り、ホームで電車を待つ。次の電車は六分後だ。

「それで、幸野ちゃんは使元駅に何の用があるの？　今、学校の帰りだよね？　塾とかかな？」

幸野が背負っているランドセルをちらりと見ながら尋ねると、幸野は「ううん」と首を横に振った。

「塾じゃないです。知り合いのおじさんに会いに行くんです」

「知り合いの……おじさん？」

「うん。わたしは月傍《つきはた》町に住んでるんだけど、使元にはおいしいケーキのお店があるんです。それで今日はおじさんにケーキを買ってもらうの。いつもはおじさんが車でむかえに来てくれるんだけど、今日は電車でひとりで行くってわたしが言ったんです。だって、わたしもう十歳になったから」

「お父さんやお母さんはこのこと知ってるの？」

葵は幸野の話を不審に思いながら尋ねる。

「知ってます」

「じゃあ、そのおじさんって親戚の人かな？」

「違うよ。しんせきじゃないです。ただの知り合いのおじさん」

「ただの知り合いのおじさん……」

不安しかない、と葵は思った。そのおじさんがどういうおじさんなのか心配だ。

幸野の親が許しているのなら怪しい人物ではないのかもしれないが、子供を誘拐した犯人もまだ捕まっていないし、やはり自分もついてきて正解だったと葵は思う。

「あ、電車来ましたよ、葵お姉さん」

ホームに到着した電車に二人で乗り込み、一駅先の使元で降りた。

「たしか、改札を出たところで待ってるって言ってました」

「分かった。おじさんって何歳くらいの人かな？」

改札を出ると、葵は警戒気味に辺りを見回しながら尋ねる。まさか誘拐犯がいるとは思わないが、相手がどんな人物か分からないので緊張した。

「おじさんは、ええっと……三十歳くらいかな？」

幸野の答えに、葵は「意外と若い」と呟く。子供の幸野にとっては三十歳でも十分おじさんなのだろうが。

そして幸野はハッと瞳をきらめかせて、とある人物を指さした。

「いました。あの人です！」

「ん？　どの人――……」

葵は幸野の指さす方を見て言葉を詰まらせた。なぜならそこに立っていたのは、想像していたような怪しいおじさんではなかったものの、別の意味で危険そうな男性だったからだ。

しかも男性は二人いて、どちらも葵一人では声をかけることすら躊躇《ちゅうちょ》する見た目だった。

「あれ？　要《かなめ》さんもいる。わたしが言ってたおじさんはスーツの人です」

固まっている葵を尻目に、幸野は無邪気に言う。スーツの人物は確かに二十代後半から三十歳くらいの男性だった。

しかしストライプのスーツは普通の会社員が着るものより派手で高級そうに見えるし、ネクタイは締めていない。左の手首には金色の腕時計が光っていて、緩いパーマがかかっている髪もくすんだ金色だ。そしてその髪を後ろに撫《な》でつけオールバックにしている。

（マフィアって日本にもいたっけ？）

葵は思わずそんなことを考えた。スーツの男性は顔は整っているが、目が死んでいると言うか、だるそうな雰囲気でもあった。全てのことにやる気がなさそうに見える。

一方、その隣にいるもう一人の男性は、歳は葵と同じくらいに見えた。背は高く、モデルと言われても違和感のない体形で、Tシャツにジーンズというラフな格好でも様になっている。髪も黒く、派手な時計もつけていないし、容姿はスーツの男性と同じく整っていて格好いい。人目を引く外見だ。

が、こちらはやたらと目つきが悪い。単に不機嫌なのか、それとも周りの人間全員を射殺そうとでもしているのだろうか。

スーツの男性が目の死んだマフィアなら、この青年は目つきが悪過ぎるヤンキーだ。ポケットに片手を突っ込んで、立ち姿すら柄《がら》が悪い。

しかも彼は、もう片方の手で何故か赤ちゃんを抱いていた。頭までおくるみにくるまれ、顔だけ出ているその赤ちゃんは、まだ生後一ヶ月か二ヶ月くらいに見える。

(赤ちゃんを抱いているのがこんなに似合わない人っているんだ……)

葵は再び失礼なことを考えた。しかし本当に似合わないので仕方がない。

彼がどういう事情で赤ちゃんを抱いているのか分からないし、男性二人の関係も分からない。それに幸野とスーツの男性の関係はもっと分からなかった。

「ゆ、幸野ちゃん。ちょっと色々と説明が欲しいんだけど……」

「おーい、英《はなぶさ》さん!」

戸惑う葵に気づかずに、幸野はスーツの男性に明るく声をかける。すると男性二人はこちらを見て、幸野の隣にいる葵に目を留めた。

英というらしいスーツの男性は軽く眉をひそめ、要というらしい青年は赤ちゃんを抱いたまま葵を睨みつけてくる。

「誰だ?」

英はだるそうな低い声で言った。葵は心の中で悲鳴を上げ、すくみ上がる。怖がる葵に代わって、幸野が答えてくれた。

「葵お姉さんだよ。わたし、降りる駅をまちがえちゃって、お姉さんがここまでつれて来てくれたの。電車のお金も払ってもらった」

「そいつはどうも、ご親切に」

葵が幸野を助けたのだと分かると、英は一応礼儀正しく言った。そして淡々と続ける。

「最近、子供が誘拐される事件があったでしょう？　幸野がなかなか来ないもんで、俺たち心配してたんですよ」

「はぁ……」

葵は小さな声で答える。私はあなたたちが誘拐犯じゃないかと疑っている、とはもちろん言えなかった。

（でも、この赤ちゃんも攫ってきたって言われた方が納得できる）

またもや失礼なことを思いながら、要に片腕で抱かれている赤ちゃんを見る。しかし男の子であろうその赤ちゃんも要と同じくらい目つきが鋭かったので、攫ってきたわけではないと確信できた。

（血の繋がりを感じる……）

要はまだ若いが、赤ちゃんは要の子なのだろうと葵は思った。

（だけど同じように目つきが鋭くても、赤ちゃんはやっぱり可愛いなぁ）

むすっとした顔さえ可愛くて、目が合うと頬が緩んでしまう。

「何ニヤニヤしてんだ」

要に不審そうに言われて、葵は「すみません」と表情を引き締め小さくなる。

「ねぇ、なんで要さんと猛《たける》ちゃんもいるの？」

猛ちゃんとは、この赤ちゃんのことのようだ。幸野の質問には要が答える。

「英に飯おごってもらうんだよ。猛は家に一人で置いておくわけにはいかねぇだろ」

葵は要と英の前からそっと逃げ出したかったが、幸野のために勇気を振り絞り、震える声で尋ねた。

「あのう、失礼な事をお聞きしますが……幸野ちゃんとお二人はどういうご関係ですか？　ご家族やご親戚ではないと聞きました」

「てめぇに関係ねぇだろ」

即座に返ってきた要の言葉に葵はビクッと体を縮こませたが、英はこう言う。

「いや、まぁ怪しむ気持ちは分かる。気になるなら一緒に来るか？　幸野の電車代を払ってもらったようだし、ケーキでいいなら礼をする」

「いえ、あの」

「おい、俺の飯は？　ケーキじゃ腹いっぱいにならない。あんなふわふわした食い物じゃあな」

「無職がわがまま言うな」

話に入ってきた要が英に叱られている。要が無職というどうでもいい情報も得てしまった。子供を育てなければならないのに大丈夫だろうかと、葵はお節介なことを考えてしまう。

（この人たちとケーキなんて緊張して食べられそうにない）

断りたいが、幸野のことは心配だ。この二人と幸野の関係は相変わらず謎だし、やはりついて行くべきだろうかと悩んだ。

するとそこで、幸野は葵が二人を警戒していることにやっと気づいて言う。

「大丈夫だよ、葵お姉さん。要さんも英さんも悪い人じゃ――」

「うん？」

「――なくはないけど、わたしには優し……うーん、やっぱり要さんはあんまり優しくないけど、でも大丈夫だよ」

「いや、不安しかないよ！」

葵は思わず大きな声を出す。突っ込まずにはいられなかった。

「心配過ぎるよ！」

「ありがとう。葵お姉さんっていい人だね」

幸野はのんきに笑って続ける。

「わたしに優しくしてくれたし、お姉さんにはきっといいことあるよ」

確信しているような言い方だったので、葵は苦笑いしながらこう返す。

「あはは……。そうだといいんだけど。バイトと、安い家賃の物件が見つかるといいなぁ」

するとを『安い家賃の物件』という言葉に反応した英が、急に目に光を灯して生き生きと話し出した。

「お姉さん、物件をお探しで？　実は私、いくつか不動産を持ってまして」

英はビジネスモードになったらしい。顧客を見つけた、いやカモを見つけたという感じで葵はロックオンされた。

「私が持ってるのは高級マンションばかりですが、一つ安いアパートもあるんです。家賃は三万八千円。ぜひ、これから案内しましょう」

「おい、飯は？」

「ケーキはぁ？」

葵を連れて行こうとする英に、要と幸野が順番に文句を言う。

「ケーキは後で買ってやる。要は黙れ」

英は幸野には穏やかに、要には冷たく言って葵を強引に連れ出した。

「そのアパートは知り合いにしか貸していないんですが――」

「敬語使ってもらわなくても大丈夫ですよ。気持ち悪……じゃない、私のほうがたぶん年下ですし」

気持ち悪いので、と言いかけたのはバレたらしく、英にはちょっと睨まれたがアパートの話に戻った。

「知り合いにしか貸してねぇが、しばらく空いたままの部屋だし、この先も埋まる予定がなさそうなんでね。あの部屋の家賃なんて俺にとっちゃ微々たる収入だが、空室にして無駄にするのは嫌だからな。それにあんたならあのアパートに入れてもまぁいいだろう。俺の勘がそう言ってる。何より幸野も懐いているし、幸野が連れて来たってことが重要だ」

「うん！　わたしも葵お姉さんがあのアパートに住んでくれたらうれしい！　また会いに行けるもん」

四人で歩きながら話す。葵はまだ何も言っていないのに、アパートに住むことを決められてしまいそうだ。少し遅れてついてくる要は、ごはんにありつけなくて不機嫌そうにしている。

駅を出ると、英は駐車場に停めていた高級外車に葵たちを乗せた。よく知らない人の車に乗るのは抵抗があったが、葵ははっきり断るという行為が苦手な上、いい物件があるのならちょっと見てみたいという気持ちもあったので、結局アパートに向かったのだった。

英が所有しているというアパートは使元駅からは離れたところにあり、最寄り駅は月傍《つきはた》駅だ。周りは住宅街だが、スーパーも近いし、大通りに出れば他のお店も色々ある。

葵が今住んでいるところとも近いので、自転車で来ることも多く、知っている場所やお店もたくさんあった。袋いっぱいのパンの耳を三十円で売ってくれる、葵行きつけのパン屋さんも近くにあるはずだ。

「ここだ。〝宵月荘《よいづき》〟」

宵月荘に駐車場はなかったが、英は敷地内の狭いスペースに無理矢理車を停めた。

葵は車を降りてしっかり眼鏡をかけ直し、宵月荘を見上げる。木造二階建てで、部屋は八戸あるようだ。

「部屋は二階だ。二〇二号室」

要が「腹減った……」と呟き、赤ちゃんの猛が時々「あぶ」と声を漏らす中、英は葵を空き部屋に案内した。ギシギシと音が鳴る外階段を上り、ポケットからマスターキーを取り出して扉を開けてくれる。

「常に持ち歩いてるんですか？　その鍵」

「このアパートのものだけな。必要になることが多々あるから」

マスターキーなんてそんな頻繁には使わないのでは？　と思いつつ、葵は部屋の中を覗いた。

「あ、意外と綺麗ですね」

中に入るとまず小さなキッチンがあり、その奥には六畳の和室が二つ並んでいた。

「部屋が二つもある！」

てっきりワンルームだと思っていたので、いい意味で驚く。

それに収納もあるし、ユニットバスの扉もキッチンの前にあった。かなり狭いがベランダもあって、小さいものなら洗濯機も置ける。

家賃が安いこともあって、トイレは共用、洗濯は近くのコインランドリーで、など言われるのも覚悟していたが、これは想像以上にいい物件なのではないだろうか。

畳も綺麗だし、建物もボロボロではない。なんならレトロでおしゃれに見えてきた。

「立地も悪くないのに、これで家賃三万八千円は安い……」

葵がそう呟くと、英はにやりと笑って葵の肩に手を乗せた。そして駄目押しとばかりにこう言う。

「少しばかり古いが、こんなに条件のいい物件は他にないぜ、お嬢さん」


それから一ヶ月後。

よく晴れた六月のある日に、葵は宵月荘に引っ越してきた。結局英に勧められるがまま契約してしまったのだ。葵は服屋などでも店員に勧められると断れないタイプだった。

（でもやっぱり条件がいいし……。後悔はしてないから）

そう考えて自分を納得させる。契約しなければしなかったで後悔していただろう。

引っ越し業者に手伝ってもらい、二〇二号室に荷物を運び終えると、葵は水筒に入れていたお茶を飲んで一息ついた。

「後で引っ越しの挨拶に行かなくちゃ」

このアパートにはどんな人が住んでいるのだろう。まだ誰とも会っていないから分からない。

ちなみに英は不動産収入で生計を立てているらしく、こんなアパートではなく高級マンションに住んでいるようだ。幸野は近くの一軒家に家族と共に暮らしているらしい。

「そう言えば、幸野ちゃんと英さん、要さんたちの関係は結局よく分からなかったな」

親戚じゃないなら何なのだろうと思う。それに英の幸野に対する態度も気になった。一言で言うと、英は幸野のことを大事にしている。要のわがままは聞き入れないけれど、幸野の要求にはなるべく応えようとしていた。

けれど妹のように可愛がっているとかそういう訳ではなさそうで、やっぱり関係性が不明だ。

「今度会ったらもう一度聞いてみよう」

英には次いつ会えるか分からないが、幸野はまた遊びに来ると言ってくれていた。

「さて、じゃあ部屋を片付けたいけど……お隣と下の部屋には先に挨拶に行った方がいいかな」

木造ということもあって音が響くかもしれないので、挨拶がてら断りを入れた方がよさそうだと考えた。荷物の入った段ボールとは別にして紙袋に入れておいた挨拶の品を持ち、葵は部屋を出る。

「まずはお隣……」

二〇一号室の古びたチャイムを鳴らして、しばし待つ。

「いらっしゃるかな？」

平日の昼間だ。もしかしたら留守かもしれない。

(でも赤ちゃんの泣き声がさっきからずっとしてる気が……。親子で住んでるのかな)

葵がそう思った時、目の前の扉が乱暴に開いた。と同時に、赤ちゃんの泣き声がより大きく聞こえてくる。

「こんにちは。私、隣に越してきた——あ……」

葵は緊張しながら挨拶をし、途中で驚きの声を漏らした。

高い身長、見覚えのある鋭い瞳に不機嫌そうな顔。隣の部屋の住人は要だったのだ。

「か、要さん⁉　……でしたよね？　お名前」

「……」

要はドアノブに手をかけ、半端に扉を開いたまま、眉間に皺《しわ》を寄せて葵を見ている。

（やっぱり不機嫌……。ううん、疲れてるのかな？　寝不足？　目の下に隈《くま》がある）

葵は突然の要にビビりつつも、そんなふうに相手を観察した。

要はやはり疲れたような声でぼそぼそと言う。

「お前、今日引っ越しだったのか」

「あ、はい！　今日からよろしくお願いします。これから部屋を片付けるので少しうるさくするかもしれませんが――」

そこで言葉を途切れさせると、葵はおずおずと続ける。

「あの、赤ちゃん泣いてますけど大丈夫ですか？」

奥の部屋にいるであろう赤ちゃんの泣き声は、葵が要と会話することもままならないくらいに激しかった。

「大丈夫じゃない」

要が目を据わらせて言うので、葵は慌てて粗品を渡して挨拶を済ませた。

「これ、つまらないものですが。お時間取らせてごめんなさい、赤ちゃん抱っこしてあげてください。お邪魔しました」

　頭を下げてそそくさと歩き出す。背後で要が扉を閉めると、赤ちゃんの泣き声も幾分小さくなった。

　その後、葵の部屋を挟んで反対側のお隣さんである二〇三号室、さらに階段を下りて自分の部屋の真下である一〇二号室を訪ねたが、両方とも留守のようだった。明日、宵月荘の残りの部屋にも挨拶に行くつもりなので、その時にまた来ようと考える。

　自分の部屋の前まで戻り、扉に手をかけたところで、葵はふと隣室の扉に目をやった。赤ちゃんはまだ泣いている。怒っているような泣き方だ。

「機嫌が悪そう。要さん、大変だなぁ」

　同情しながら呟く。実は葵も、赤ちゃんの世話をする大変さは身に染みて分かっている。里帰り出産後、まだ体を労《いたわ》らなくてはならない姉と、姉の世話と家事をしなくてはならない母に代わって、葵は新生児の姪《めい》っ子の世話をしていたからだ。

　おまけに姉は早くに仕事に復帰したので、葵はその後もちょくちょく姪っ子の面倒を見ることになった。姉の夫も仕事が忙しく、当てにならなかったから。

　赤ん坊の世話は大変だったが、姪っ子は葵にも懐いてくれ、とても可愛かった。三歳になった今も、会えば「あおいちゃん！」と喜んで駆け寄って来てくれる。思い出しただけで胸がきゅんとなる。まだ結婚もしていないのに、無駄に母性ばかりが溢《あふ》れ出してしまう。

（要さん、奥さんとは一緒に住んでないのかな？）

たまたま留守なのか、離婚したのか、そもそも結婚はしていないのか。その辺りの込み入った事情はまだよく分からないし、簡単に聞けそうもない。気にはなるが、あまり詮索すべきではないだろう。

葵はそんなことを考えながら、自分の部屋に入ったのだった。


その日の深夜、日付が変わる頃。引っ越しの疲れから葵がぐっすり寝ていたところで、隣の部屋から突然赤ちゃんの泣き声が聞こえてきた。

「まただ……」

葵はむくりと起き上がって呟く。昼間、葵が挨拶に行った後、しばらくして赤ちゃんの泣き声は聞こえなくなったが、その後も泣いたり泣き止んだりを繰り返しているようだった。夜になっても一時間置きくらいに泣いている。

「今回も激しい」

赤ちゃんは泣き止むどころか、その泣き声はどんどん激しくなっていく。

「要さん、大丈夫かな」

葵は立ち上がると、電気をつけて眼鏡をかけ、隣の部屋の方を見た。そっちを見たって、見えるのは自分の部屋の壁なのだが。

「赤ちゃんのお世話は大変だもんね……」

姪っ子のことを思い出して言う。三時間おきのミルクとオムツ交換だけでも大変なのに、赤ちゃんはそれ以外の理由でもとにかく泣くのだ。それしか主張の仕方を知らないから。

姪っ子がいつまでも泣き止まないと、葵は自分が責められているように感じたりもした。「どうして泣いてる理由を分かってくれないの」と言われているようで。

それに慢性的な寝不足や赤ちゃんをずっと抱っこしている疲れから、世話をしている人間は余裕がなくなってくる。要は今一人で世話をしているようなので、なおさらつらいだろう。

逃げ場のない狭い部屋の中で、激しく泣く赤ちゃんと二人きりなんて。

「どうしよう」

葵は迷った。「大丈夫ですか？」と隣を訪ねようかどうか。

「でも昼間ならまだしも真夜中だし。それに親しい人が声をかけてくれたら嬉しいかもしれないけど、私はただの隣人だし、迷惑かも……」

赤ちゃんがなぜ泣いているのか、自分の経験からアドバイスできたらとも思うが、それは余計なお世話かもとも思う。

「他人にいきなりアドバイスされてもね。うーん……」

それに専門家でもない自分のアドバイスが当たるとも限らない。余計なおせっかいを焼いたあげくに赤ちゃんは泣き止まないかも。

葵は静かにうろうろと部屋を歩き回りながら迷う。

『またそんなふうに迷って。お姉ちゃんはすぐに行動するわよ』

頭の中に母親の声が響いてくる。母がここにいたら、そんなことを言われそうだと思った。

確かに姉ならこういう時、すぐに隣を訪ねるだろう。姉は葵のように『こんな深夜に他人が訪ねたら迷惑かな』『アドバイスなんて余計なお世話かな』という心配はしないのだ。

葵はいつも色々なことを心配して、気にしてしまう。母や姉からすればきっと細かいことなのだろうが。

そうして葵が迷い始めて十五分経った頃、まだ泣き止まない赤ちゃんの声を迷惑に思って、他の住人が隣の戸を叩《たた》いたようだった。

「おい、頼むから猛の声をどうにかしてくれよ！　まじうるせーんだけど！」

若い男の声だ。赤ちゃんの泣き声に参っているような口調だった。

「おい、要！」

「うっせー！　てめぇの部屋はうちから遠いだろうが！　他のやつらが何も言わないのに何でてめぇが文句言いに来んだよ」

要が扉を開けたようだ。赤ちゃんを抱いているのか、泣き声も大きく聞こえる。

「遠くても聞こえるんだよ！　小さいアパートなんだからさ！」

「今泣き止ませるから待ってろ！　つーか、ずっと泣き止ませようとしてんのに泣き止まねぇんだよ！」

深夜に怒鳴り合う二人。赤ちゃんの泣き声よりも近所迷惑では？　と、聞いている葵がハラハラした。他の住人たちまで文句を言いに来ないだろうか。

「頼むよ。俺、明日朝からバイトなんだからさぁ」

最後は疲れたように言って、若い男は自分の部屋に戻っていったようだった。葵の部屋の前を通り、二階の端にある部屋の戸がバタンと閉まった気がした。

「……」

静かになって、赤ちゃんの泣き声だけが響いている。要はすぐに部屋には戻らず、扉を開けたままそこに突っ立っているようだった。おそらく疲れて頭がぼーっとしているのだろう。すぐに動けないのだ。

見ていないのに、その光景はありありと浮かんだ。葵も姪っ子の世話で一晩中眠れなかった時、朝にはそんなふうになっていた。

（やっぱり行こう）

　要がそこにいる今がチャンスだ。葵はパジャマの上に薄手のパーカーを着て、廊下に出た。赤ちゃんは泣くものだから私は迷惑に思ってない、大丈夫、ということだけでも伝えようと思ったのだ。

「か、要さん！」

　深夜なので、葵は声をひそめて言った。暗闇の中、部屋の明かりを受けた要は、やはり疲労困憊《こんぱい》といった様子だった。眠そうな目でぼーっと廊下の床を見ている。

　そして要の腕に抱かれている赤ちゃんは、この小さい体のどこにそんなエネルギーがあるのかというくらい力いっぱい泣いている。真夜中なのに元気だ。

「あの……」

「……お前か。悪いな、うるさくして」

　要が謝ってくるとは思わなかったので、葵は少し驚いた。一応本当に申し訳なさそうにしていて、心なしか要が小さく見える。

　要からすれば笑っている場合ではないだろうが、こんな人でも赤ちゃんには敵わないんだなと葵は少しほほ笑ましく思ってしまった。

　葵はおくるみに包まれた猛を見る。顔を真っ赤にして全身で泣いている様子を見ると、姪っ子の赤ちゃん時代が思い出されて懐かしい。自分が姪っ子の世話をしていた時は必死だったが、要も今そうなのだろう。

「可愛いですね」

葵がそう言うと、要は少し目を見開いた。うるさく泣き喚いている最中なのに、「可愛い」と言われるとは思っていなかったらしい。

けれど泣き過ぎて目が糸みたいに細くなっているところも、目じりに溜まった涙も、おくるみに包まれた足で要の腕をゲシゲシと蹴りつけているところも、葵は可愛いと思った。

「今、何ヶ月くらいですか？　確か……猛くん、でしたよね？」

猛の首はまだしっかりとは据わってなさそうだ。

葵の質問に、要はぼそぼそと答える。

「ああ、名前は猛だ。二ヶ月になったとこ」

「まだまだ大変な時期ですね」

猛はころんと丸い赤ちゃんというより、まだ新生児っぽい細さが残っている。きっとこれからムチムチになってくるのだろう。

「今日はずっとご機嫌斜めみたいですね。大丈夫ですか？」

次に葵がそう尋ねると、要は途端にむっとした。

「俺みたいな奴の育児じゃ心配ってか？」

今まで色々な人からそう言われてきたのだろうかと思いながら、葵は誤解を解こうとする。

「いえ、そういう意味じゃないんです。赤ちゃんが大丈夫かって事じゃなくて、要さんが大丈夫かって聞きたかったんです。疲れておられるようなので」

すると要は吊り上がっていた眉を下げ、数秒黙った。そして葵に少し心を開いた様子で口を開く。

「……赤ん坊ってやっかいだな。言葉で喋らねぇから、何が嫌なのか分からねぇ」

「本当、喋ってくれると楽なんですけどね」

葵が笑って返すと、要も少しだけ笑みをこぼした。目つきは鋭いが、笑うとちょっと幼く見えて可愛いかもしれない。

「猛には、ミルクはさっきやったんだ。一回やってもまだ泣くから、その後追加でもう一回やった。だから腹は満たされたはずなのに全然寝ねぇし、何が気に入らねぇんだ」

「赤ちゃんが泣いてる理由を当てるのは難しいですよね。たぶん本人も寝たいんでしょうけど、お腹は満たされているなら、オムツが汚れて不快で寝られないのかもしれません。オムツは汚れてました？」

「いや、さっき交換したけどそんなに汚れてなかった。それにこいつ、たぶんオムツが汚れてるかどうかは全く気にしないタイプだ。汚れて、服まで漏れてても平気で寝てる時もある」

「大物ですね」

ちょっと笑って言ってから、葵は続ける。

「じゃあ後は、どこかが痒いとか、げっぷやうんちが出なくて気持ち悪いだとか、暑かったり寒かったりで寝られなくて泣いているのかもしれません」

「そんな事でも泣くのか？」

不可解そうに片方の眉を持ち上げる要に、葵は頷きを返した。

要はびっくりしたように続ける。

「泣いたらとにかくミルクをやればいいんだと思ってた。今もまた新しくミルクを作ってたところだ」

「泣くたびにミルクをあげていたなら、飲み過ぎて苦しくて泣いてるのかもしれないですよ。熱や怪我《けが》もなく、オムツも替えて部屋も適温なら、泣いていてもミルクはあげずに少し様子を見てはどうでしょう。今の月齢だとまだ満腹中枢が機能していなくて、お腹いっぱいでも飲んでしまうと本で読みました」

冷静に言うと、要は眉根を寄せて目をすがめたので、葵は慌ててこう続けた。

「あ、すみません、出しゃばってアドバイスなんかして……」

「いや」

猛の泣き声が響く中、要はじっと葵を見つめた。

「お前一体何者だ？　赤ん坊のスペシャリストか？」

要からの眼差しに若干尊敬がこもっているような気がして、葵は恐縮する。

「いやいやいや！　ただの売れない漫画家です。専門家ではないので、私の言うことは聞き流すくらいで大丈夫です。仕事で忙しい姉の子供の面倒を見ていた時があって、赤ちゃんのお世話をしたことがあるっていうだけですから」

葵がそう言うと、要は鋭い瞳をキラキラと輝かせる。

「地味な人間だと思ったが……心強いじゃねぇか」

あ、地味だと思われてたのか、と葵は思った。

けれど自分のことを受け入れてもらえたようで嬉しくなる。

「心強いかは分かりませんが、私が経験したことを話すことはできます。何か困ったことがあれば言ってください」

葵では対処できないこともあるかもしれないが、そういう時でも要が相談してくれれば、「病院へ行った方がいい」とか「保健師さんに相談した方がいい」というアドバイスをすることができる。

「じゃあミルクをあげるのはちょっと待ってみて、抱いてあやしてあげて様子を見てみるというのはどうですか？　それでも寝なかったらまた来ます。あ、迷惑でなければ……」

「迷惑じゃない。是非来てくれ。夜中に悪いが」

要にはっきりと「来てくれ」と言われて、葵は何だか心がむず痒くなった。照れ臭いような嬉しいような気持ちだ。身内以外の誰かに必要とされるって、こんな感じなのかと思う。

「はい、では……」

そして葵が自分の部屋へ戻ろうとした、その時。

猛のキックが激しすぎておくるみがずれ、猛の頭があらわになった。髪は赤ちゃんらしくまだ短かったのだが、髪の色は黒ではなく、暗い青だった。

そう言えば目の色も明るい茶色……いや、金色に近いのではないだろうか。今のように周囲が暗いと、ぼんやり光って見える。

「な……」

しかし葵が一番驚いたのは、猛の髪の色でも目の色でもない。頭に生えている、一本のツノだ。

「それ、ツノ……？」

葵は自分の目を疑った。ハロウィンでもないのに、要は猛に仮装でもさせているのだろうか。

「いや、何でもな――あ、おい！　暴れるなって！」

要は慌てて猛を再びおくるみで隠そうとした。しかしそれを嫌がった猛が短い腕をぶんと振り上げ、拳が部屋の扉にぶつかってしまう。

扉は金属製だ。柔らかい赤ちゃんの手がぶつかれば怪我をする。葵はそう思って心配したのだが、へこんだのは扉の方だった。ちょうど猛の拳の大きさくらいのへこみが扉の方にできたのだ。

「え……。え？」

「じゃあな！　また何かあったらアドバイスくれ！」

困惑している葵を残し、要は急いで扉を閉め、部屋に戻ってしまった。

「……何、今の？」

葵は一人呟く。確かに猛が扉をへこませた。あれは元々あったへこみではなかった。しばし茫然《ぼうぜん》とした後、葵もとりあえず自分の部屋に戻る。扉のへこみも、猛の髪や目の色も、ツノも、全部見間違いだったということはないだろう。要もまずいものを見られたとばかりに慌てていた。

「どういうこと？」

隣からは、まだ猛の泣き声が聞こえている。

その後しばらくして猛は泣き止んだようだった。葵もさすがに眠っていたが、新しい部屋という慣れない環境だったため、午前三時辺りにふと目を覚ましてしまった。視線の先にはベランダに続く窓がある。

（カーテンつけなきゃ……）

日が落ちる前につけなくてはと思いながら、カーテンは段ボールに入れっぱなしだ。半分眠りながらそんなことを考え、再びまぶたを閉じようとした時だった。

ベランダの手すりに、何か黒いものが乗っていることに気づく。周囲の暗闇よりさらに黒い。色や大きさからしてカラスかと一瞬思ったが、それよりは少し小さい。眼鏡をかけて見ると、シルエットも鳥とは違っていた。もちろん猫でもない。

（何？）

しかも手すりの上をじわじわと移動している。

夜中に正体の分からない不審なものを見て、葵は怖くなった。ぼんやりしていた頭が一瞬で冴える。

どうか黒いビニールや布が飛んできて手すりに引っかかっているだけでありますようにに、と思いながらベッドから起き上がる。

そして部屋の明かりをつけると、光に照らされた黒い何かの姿がはっきりと見えた。

　それは黒いヘドロの塊のようだったが、異様なのは、そのヘドロに丸く赤い目玉が三つついていたことだ。そして意思を持っているかのように動いて、葵と目が合うと、滑るように手すりを移動して意外と素早くどこかへ行ってしまった。

「……何、今の？」

　猛が扉をへこませた時と同じ言葉を呟く。

「今日、なんか変……。私が変なのかな？」

　引っ越しで疲れたのだろうか？　猛のツノもやはり見間違いなのだろうか？

　葵は混乱しながら、電気をつけたままベッドに座った。おばけなんて本気で信じているわけではないが、信じていないわけでもない。

「こ、怖くなってきた……」

　それから日が昇るまでの二時間、葵は眠れない夜を過ごしたのだった。


　朝の六時。三時から起き続けていた葵は、いつもより早めの朝食を食べていた。

　引っ越したばかりでご飯を炊いたりするのが面倒なので、スーパーで買った安い食パンをそのままかじる。

「トースターとマーガリンが欲しい……。それに牛乳も」

　そんなことを呟きながら、もさっとしたパンを飲み込む。

するとその瞬間、部屋の扉がドンドンと力強く叩かれた。

「こんな朝から誰？」

気味の悪いヘドロを見たこともあって、葵はちょっと怯《おび》えつつドアスコープを覗こうとした。しかしそれより早く、外から声がかけられる。

「先生！」

「え？」

先生って誰のことだと思いながら扉を開ける。

と、目の前には明るい表情の要と、今日もまた泣いている猛がいた。猛は昨日と同じおくるみに包まれている。

「先生！」

「……あの、それ私のことですか？」

要は真っすぐこちらを見てくる。葵が横に一歩ずれても視線はついて来た。

「お前以外に先生なんていねぇだろ」

「いや、います。いっぱいいます」

何が何だか分かっていない葵を置いてけぼりにして、要は興奮気味に話し出す。

「昨日あの後、先生に言われた通りミルクはやらずにいたら、しばらくは泣いてたけど最終的には寝てくれたんだ！　しかも四時間連続で！」

「あ、そうなんですか！　それはよかったです」

「俺もその分寝られたから、かなり回復した。四時間も続けて寝られたのなんていつぶりだ？　とにかくこれも先生のおかげだ。ありがとうな！」

要は鋭い瞳《め》を嬉しそうに細めている。一見怖そうに見えるし口調なんかは少し乱暴だが、素直な人なんだなと葵は思う。

「ところで話を戻しますが、私のことを先生と言うのはちょっとやめていただきたいのですが……」

するとと要は「あん？」と眉根を寄せた。

「じゃあ何て呼べばいいんだ？　師匠？」

「いえ、あの、普通に名前で呼んでください。そう言えば昨日、しっかり自己紹介をしていませんでした。申し遅れましたが藤崎葵と言います。なので藤崎——」

「分かった。葵だな」

「そっちを取りますか」

名前の方を。呼び捨てで。

マイペースと言うか……思ったよりも人懐っこい人らしい。

「まぁ私も要さんと呼ばせてもらっていますし……要って、苗字ではなくお名前ですよね？」

「ああ、名前だ。俺は鬼童《きどう》要。こいつは鬼童猛」

要は泣いている猛を視線で指した。そして困ったように言う。

「夜はぐっすり寝たが、猛が今泣いてる理由が分からない。ミルクは三十分前に飲ませて、その時は満足そうだったんだ」

「三十分だとまだお腹は空いてないですよね、きっと」

「ああ、今回は追加でミルクを足したりはしてねぇし、飲ませ過ぎてもないと思う。オムツも替えたし、部屋も適温。痒そうな湿疹もなけりゃ、熱もない」

「そうですか。猛くーん、どうしたの？」

葵は猛に声をかけた。すると猛は見慣れない人間を見るような目つきでこちらを見返してくる。目の色はやはり金色だが、今はそのことは置いておくことにした。

「葵が声をかけたら泣き止んだ」

「私のことを警戒して大人しくなったんですよ。要さんには甘えてるから泣くんです」

「ふぅん」

要がまんざらでもなさそうな顔をして猛を見るので、葵は少し笑った。

と、そこで猛が両手で目をこするようにする。

「あ、分かった。今は眠くて泣いてるみたいです。うちの姪っ子も眠くなるとこうやって目をこすっていたので。それにほら、まぶたがはっきり開かなくなってきてます。まばたきをした時、一瞬目がとろんとしているの分かります？」

　葵がそう言うと、要も猛を観察して頷いた。

「本当だ。でも眠いだけならさっさと寝ればいいじゃねぇか」

「赤ちゃんは一人で寝られない場合が多いんです。寝かしつけてあげないと」

「つくづく厄介な生き物だな」

　要は呆れたように言って、猛を優しく抱き直した。しかしそのまま直立不動でいるので、葵はさらにアドバイスをする。

「ただ抱っこしているだけじゃなく、ゆらゆら揺れてあげると寝てくれるかもですよ」

「揺れる？　だから今までは抱っこしてやってもなかなか寝なかったのか？　揺らしたら余計寝なそうだが……。これでいいのか？」

　要が体を揺らすと、猛はあっという間にまぶたを閉じて寝てしまった。

　そんな猛を『信じられない』という目で見てから、要は葵を尊敬の眼差しで見つめてくる。

「すごい……。さすが先生だ」

「先生はやめてくださいって」

　葵は苦笑いして言ってから、真面目な顔をして続けた。

「……やっぱり気になるのでお聞きします。猛くんのことです」

容姿のことは聞きにくいので後回しにして、部屋の扉をへこませたことを質問しようとした。

「猛くん、怪我はなかったですか？　昨日、部屋の扉を……」

そこで葵は目を見開いた。

要の背後、廊下の手すりの上に、夜中に見た黒いヘドロの化け物がいたのだ。

「あ、あれ……。見間違いじゃなかったの？」

朝日が眩しいこんな時間帯にもおばけって出るんだ、とどこかで冷静に思いながらも頭は混乱している。

「一体、何……？」

「どうした？」

葵の呟きを聞くと、要は振り返って化け物の姿を確認する。

と同時に、ヘドロの化け物はまた逃げようとした。赤い目玉は猛のことをじっとりと見つめていたが、要が睨みつけると慌て出したのだ。

一方、要はヘドロの化け物を見ても動揺することはなかった。舌打ちを一つすると、いつも以上に目を鋭くする。

「目障りな……」

そして――

「消えろ」

要が猛を抱いているのとは反対の手を持ち上げたかと思うと、そこにはいつの間にか日本刀が握られていた。そしてふと気づけば、要自身の外見も変化していた。

黒い髪と瞳は燃えるような紅色《あか》に。着ているものは黒と紅の着物に。そして頭にはツノが二本生えている。

「鬼……？」

葵は信じられない思いで呟く。要の今の姿を言い表す言葉は鬼しかない。美しい鬼だ。

そして要は、逃げ出したヘドロの化け物を刀で一突きにする。刀を使い慣れているかのような、迷いのない動きだった。

化け物がしゅうしゅうと音を立てて蒸発するように消えていくと、要は葵の方を振り返る。

紅い瞳で見つめられて葵は一瞬息が止まりそうになった。

恐ろしいと思うのが普通だろうし、実際少し恐ろしいのだが、それ以上に要の姿に目を奪われてしまう。

圧倒的で、迫力があって、やはり美しかった。

決して女性的ではなく、男らしい逞しさを感じるのに幻想的で綺麗なのだ。

「……ちょうどいい、葵には俺たちの正体を明かそう。そうすれば俺が金を稼ぎに行ってる間、猛のことを預かってもらえるしな」

「――おい、何を勝手なことを言ってる」

と、そこに現れたのは、高級スーツを身に着けてタバコを咥《くわ》えた英だった。今日もだるそうな表情をしていて、目は死んでいる。

要は鬼のような姿のまま、英を睨んだ。

「こうなったのはお前が葵をここに住まわせたからだろ。妖怪ばかりのこのアパートに人間を住まわせたお前が悪い」

「よ、妖怪？　え？」

「しょうがねぇだろ。幸野も懐いてた。あいつを喜ばせて悪いことはない」

「あの、妖怪って……」

「てめぇの判断基準は幸野ばっかだな。金の亡者め」

「ちょっと、あの！」

要と英の会話に割り込んで、葵は大きな声を出した。

「せ、説明してください！　私には何が何だか……。妖怪って何ですか？　要さんのこの姿は一体どういうことなんです？　さっきの化け物は？」

「まぁまぁ落ち着け、お嬢さん。妖怪ってのは、こういうことだよ」

そう言う英に葵が目をやった瞬間、彼の姿はすでに変化していた。高級スーツはいつの間にか暗い灰色の着物に変わり、革靴は草履になっている。それに紙のタバコは煙管《キセル》に変わっていた。

ただし英は頭にツノが生えたりはしていない。目の色も髪の色も変わらなかった。

「ぬらりひょん、って知ってるか？」

英は唐突に言う。

「……聞いたことあります。えっと……勝手に家に入ってくる妖怪」

「何だ、その認識。まぁ間違っちゃいないが」

「それでぬらりひょんが何なんですか？」

「俺」

「は？」

葵は割と礼儀正しい人間だ。けれど今は礼儀を忘れてそんなふうに聞き返してしまった。

「俺、とは？」

「俺がぬらりひょんだっつーこと。そんでこいつらは鬼。鬼の一族」

英が要と猛を指さすと、要はこう訂正する。

「ただの鬼じゃねぇ。猛は、まぁそこそこ強い『大嶽丸《おおたけまる》』の血を継いでる。そして俺は、かの有名な、妖怪の中で一番強い、鬼の総大将の、あの有名な『酒呑童子《しゅてんどうじ》』の子孫だ！」

「有名って二回言ったな」

英がだるそうに突っ込む。そして葵に向かって続けた。

「説明するが、面倒だから途中でうだうだ口を突っ込むなよ。今の世の中にも妖怪はいる。その前提で話を聞いてろ」

葵はぽかんと口を開けたまま頷かなかったが、英は話し始める。

「俺たち妖怪は、今は人間社会に溶け込んで生活している。人間に姿を変え、人間のように振る舞い、人間のように仕事をする。何故なら俺たちも物を食わなきゃ生きていけねぇし、金が必要だからだ。人間を襲って金や食料を手に入れる方が手っ取り早いが、今の世でそれをやるのは馬鹿だ。今の人間は銃やなんかの武器を持っていて、それで十分妖怪は殺せるからな」

「この社会に、妖怪が紛れてるってことですか……？」

「ほとんどの妖怪は悪さもせずに、普通にな。子供を持った妖怪の寿命は人間と変わらねぇし、同じように老いていく。だからその点でも不自然さはない。人間たちは妖怪の存在に気づかない」

英は一度煙管を吸って、煙を吐くと同時に喋り出す。

「俺はぬらりひょんの一族だ。初代のことはよく知らねぇが、他の妖怪と契って子を生《な》した。子はぬらりひょんの血か、相手の妖怪の血のどちらかを受け継ぐ。だから妖怪は大抵、二人以上の子を産む。そうして妖怪の血は受け継がれていく」

さっき、要は自分と猛の先祖のことを説明した。要は酒呑童子、猛は大嶽丸の血を受け継いでいると。

（つまり猛くんは父親である要さんではなく、母親の性質を継いだ？）

現実的ではない話を聞きながらも、葵はそんなことを考えて頭の中を整理する。

「人間として生きることに苦労する妖怪もいるが、他人の家に自然に上がり込むことができるぬらりひょんは、人間社会にもなんなく溶け込める。だから俺は仕事も成功してる」

英は淡々と言いながら、次に要を見た。

「一方、こいつらは全然駄目だ。妖怪としては強力だが、人間社会にはなかなか溶け込めない。戦闘能力ばっかり高くてもな」

「何だと？」

英の言葉に要はイラッとしたようだった。強い妖怪は、人間に紛れなければならない現代では生きづらいのだろうか。

「そしてこの宵月荘の住人は、お前以外全員妖怪だ」

「私以外全員妖怪」

話を続ける英に、葵はオウムのように繰り返す。言葉がすんなりと頭に入ってこない。自分以外全員妖怪ってどういう状況だ、と思う。

「まぁ、ここに住んでるやつに危険な妖怪はいねぇから安心しろ」

「妖怪な時点であまり安心はできないのですが……」

葵は控えめに指摘したが、英には無視された。そして葵は今度は顔をこわばらせて続ける。

「じゃあ、さっきの……黒いヘドロみたいなものも妖怪なんですか？」

鬼の姿の要のことは美しいとすら思ったし、人間の時とあまり見た目が変わらない英も怖くはないが、あの黒いヘドロは何だか嫌な感じがしたのだ。

葵の質問に答えたのは要だった。

「あれは『魑魅魍魎《ちみもうりょう》』だ。人でもなけりゃ、妖怪でもない。長い間成仏できてない悪霊や人の念が混じった、半端な存在だな。だが悪意や怨念だけは強い」

「何だか怖いですね」

怯える葵に対し、要は余裕の表情で言う。

「何も怖くなんかねぇよ。やつらは他の魑魅魍魎や悪霊、人の悪意なんかを吸収して強く大きくなっていくが、さっきのやつは小さくて弱《よえ》ぇやつだったしな」

「さっきのはそうかもしれませんが、つまり強いやつもいるってことですよね？」

「強いっつっても俺よりは弱い」

そんなことを胸を張って言われても、葵の不安はなくならない。

「要さんよりは弱くても、普通の人間よりは強いのでは？　たとえば私があのヘドロに襲われたら……ど、どうなるんでしょう？」

「さぁ？　襲われるというより取り憑かれるんじゃねぇか？　取り憑かれて、魑魅魍魎に支配される。妖怪にもそういうやつらがいる。魑魅魍魎に取り憑かれて、悪さを働くやつらが」

「取り憑かれたら、本来の自分じゃなくなっちゃうんですね」

やっぱり怖い、と呟く葵に、英がこう付け加える。

「安心しろ。やつらは元気な妖怪や人間には取り憑けない。身体的にというより精神的に元気なことが大事だ。明るく笑っていれば、魑魅魍魎は居心地が悪くて逃げていく」

「な、なるほど。覚えておきます。今度ヘドロを見たら爆笑して追い払います」

「まぁ頑張れ」

真剣に言う葵に、英は適当に返した。

そして葵は、要に抱っこされている猛を改めて見つめる。

「でも、そっかぁ。猛くんも鬼の一族なんですね。妖怪が現実にいるなんて信じられないけど、信じざるを得ないと言うか……」

要の頭のツノは作り物ではないだろうし、一瞬で髪や目の色が変わるなんてこともあり得ない。

「そう、妖怪はいる」

そう言って要が猛のおくるみを取ると、丸い可愛い頭には、やはり短いツノが一本生えていた。

「ふふ……可愛い」

葵は頬を緩めて言う。

ツノが生えていても、目や髪の色が多少違っても、子供は可愛いのだ。

「葵は変わった人間だな」

要が呟く。

「そうですか？　赤ちゃんや子供って、見ているだけで癒やされます」

そう言ってほほ笑む葵を、猛が自分の拳をしゃぶりながら見ていた。まだ指は上手くしゃぶれないらしく、拳ごと口に突っ込んでもごもご舐めている。

「そのツノ、かっこいいね」

そして葵が褒めると、猛は口から拳を出し、よだれで濡れた手を軽く持ち上げた。

「だっ！」

そして葵に向かって何かを言う。

「気に入られたな」

「さすが先生……じゃない、葵」

英と要が順番に言う。そして要はこう続けた。

「これで葵に猛を預けても何も問題はないな。葵は俺たちの正体を知ってるし、猛も懐いた。なぁ、英。いい案だろ？　俺が仕事をしてる間、こいつを預かってもらうんだ」

「ああ、確かに。俺たちの正体もバレちまったし、そうするのがいいかもな。お前だけじゃなく、子供を預けられずにいる妖怪の親は多くいるし」

「あの、それ……要さんはさっきもそんなようなことをおっしゃってましたけど、どういう……。私が猛くんを預かるって……」

戸惑う葵に、要が説明する。

「俺は今、無職だ」

「あ、はい」

「だが、妖怪として裏の仕事をすることはある。その仕事ってのは、悪い妖怪を退治する仕事だ。この社会に害をなす妖怪を退治すると、英が金をくれる」

「英さんが」

葵が要から英に視線を移したところで、今度は英が説明する。

「俺は妖怪たちのまとめ役だからな。まぁ、この地域の。そして人間とも繋がってる」

「人間、と言うと？」

「普通の人間たちは妖怪の存在を知らない。さっきまでのお前のようにな。だが、妖怪が実在することを知っている人間もいる。政府の要人や、一部の警察関係者だ」

「え、そうなんですか⁉」

葵は驚いて言った。英は頷いてから続ける。

「そしてこの世界で起きている事件や事故の数パーセントは、妖怪が犯人だったり、妖怪が起こしたものだったりする。犯人がいつまでも分からなかったり不可解な事件が起きたりすると、さっき言った妖怪の存在を知っている人間から、俺に調査の依頼が来る」

「英さんが人間と繋がっているって、そういうことですか」

「そうだ。それで調査の結果、悪い妖怪がいたのなら、今度はそいつを退治しなけりゃならねぇ。人間はもちろんそういう妖怪を受け入れねぇから退治してくれと言うし、俺たちのような平穏に暮らしてる妖怪にとっても、事件を起こすような凶悪な妖怪は迷惑な存在でしかねぇからな」

葵がまばたきをしている間に、英はスーツ姿の人間に戻っていた。そして紙タバコを吸いながら言う。

「妖怪を退治する時は俺一人じゃ手に負えないんで、他の妖怪を呼ぶことが多い。中でも要のことは頼りにしてる」

そこで英は横目で要を見た。

「こいつは短気だし、力ばっかり強くて人間社会にはなかなか適応できねぇ問題児だ。だが、こいつに倒せねぇ妖怪は滅多にいねぇ。それくらい強い」

「滅多に、じゃねぇよ。俺に倒せない妖怪なんていねぇ。ただの一人も……いや一人いるけど、それ以外はいねぇ」

「分かった分かった」

子供のように言い張る要に、英は適当ながらもうんうんと頷いてあげている。そしてこう続けた。

「とにかくその妖怪退治の仕事は、要にとっちゃ貴重な収入源だ。妖怪を退治すれば人間から安くはない報酬が貰えるからな。猛にも金がかかるし、収入は大事だ。お前も家賃の安いアパートを探してたくらいだし、金や仕事の大切さは分かるだろ？」

「身に染みて分かってます」

葵は深く頷いた。

「要は仕事をしなきゃならねぇ。だが子連れで妖怪退治はできねぇ。だから誰かに猛を預けなきゃならん」

「それで、それがどうして私なんですか？」

「さっきも言ったように、お前は妖怪の存在を知ったし猛も懐いてる。だからだ。妖怪は人間に姿を変えることができるが、幼いうちは上手く変われないから人間の保育園には猛を預けられねぇ」

「確かに普通の保育園に鬼の猛くんを預けることはできないかもしれませんが、他の妖怪に預けることはできないんですか？　妖怪の保育士さんとか、ベビーシッターとかいないんでしょうか？」

葵は慌てて言うが、英は「いない」と言い切った。

「もしかしたらいるかもしれねぇが、俺は知らない。人間として人間の保育園や幼稚園で働いてる妖怪は知ってるがな」

「でも私、赤ちゃんを預かるなんて……」

姉の子の面倒は見ていたが、他人の子供を預かるなんて責任重大だ。ましてその子は妖怪で、人間の赤ちゃんとは違う部分もあるだろう。自分にちゃんと世話ができるか葵は不安だった。

葵がそう伝えると、要は予想外のことを言われたかのように目を丸くした。

「何だ、こいつの心配をしてたのか。猛は多少手荒に扱っても大丈夫だぞ。こいつのことは鉄の塊だと思ってくれていい。それくらい頑丈だ」

「そう、むしろ自分が怪我をしないよう心配した方がいい」

英が付け加え、要も続ける。

「葵はそっちを心配してるんだと思ってた。普通はそうだろ？　でも大丈夫だ。こいつ、結構賢いからな。人を見て暴れてる。俺だと遠慮なく暴れる」

そう言ってから、さらにこうつけ加えた。

「頼む、葵！　俺は猛のミルク代を稼がなきゃならねぇし、葵なら信頼できる」

「信頼……」

最後の要の言葉は、葵の心を動かした。葵なら信頼できる、なんて自分に自信のない葵にとっては最高に嬉しい言葉だからだ。葵は結構単純な人間だった。

そしてさらに英が追い打ちをかける。

「お前、金に困ってるんだろ。だったら猛を預かる報酬として、要に金を払わせればいい。要も貧乏だが、お前が猛を預かれば裏の仕事をこなせて、金が入ってくるからな」

「もちろん金は払う」

要も頷いた。

「猛のミルクとオムツを買ったら、後は全部葵にやってもいい」

「いや、そんなにいらないです」

簡単に言う要に、葵はしっかり言い返す。

「というか、要さんの食費とか光熱費とか、必要な分はちゃんと取っておいてください」

「ここの家賃もな。先月分まだ払ってもらってねぇぞ」

「そうだった」

葵と英に言われて、思い出したように要が頷く。

(要さん、お金の管理ができない人だ)

あればあるだけ使ってしまう太っ腹破産タイプだ、と他人ながら心配になる葵だった。

そして英は葵に向かって話を続ける。

「猛だけじゃなく、他の妖怪の子供も預かればいい。そうすれば収入も増える。人間の保育園や幼稚園には子供を預けられず、困ってる妖怪は多いからな」

「うーん……」

困っている他人——というか妖怪だが——を助けられるという点でも、子供を預かるという仕事は魅力的に思えた。漫画を描くことは好きだが、誰かの助けになっているという実感はほとんどなかったし、そういう実感を得られれば自分の存在意義を感じられる気がする。
それに何より、葵は子供が好きだった。

「でも私、資格とか持っていなくて。姉の子を預かった時に色々勉強しましたし、これからも勉強しますが……」

「妖怪の子供を預かるための資格なんてねぇよ。人間の子供とは違うし、それぞれの妖怪で性質も成長の早さも違う。人間の育児書なんて、さっぱり当てにならねぇぞ。預かりながら試行錯誤していくしかねぇ」

「葵、頼む」

もう一度要が懇願してくる。
葵は要の紅い瞳と目を合わせて、緊張気味に唇を引き結んだ。

「……あの、猛くんのこと、抱っこしてみてもいいですか？」

葵は答えを出す前にそう頼んだ。すると要は「重いぞ」と言いながら、猛を抱っこさせてくれた。

「わぁ、可愛い――というか重っ！　重い！」

猛は生後二ヶ月の赤ちゃんとして特別体が大きいわけではなく、むしろ細身だ。なのにずっしりと重かった。

「すでに筋肉質？」

「だう」

葵の問いに猛が答えた。どういう意味なのかは分からないが。

しかし重くても目の前にいる猛は可愛い。鬼の子だからといって、恐ろしいとか醜いなんて思わない。他の妖怪の子供も、きっと人間の子供と変わらず可愛いのだろう。外見はもちろん人間とは違うけれど、子供特有の愛らしさや純粋さは持っているのではないだろうか。目つきは悪いけれど、猛のこの金色の瞳も澄んでいて純粋だ。

(他の妖怪の子供はどんなふうなんだろう)

どんな外見をしていて、どんな性格で、どんな遊びをすると喜ぶのか。それを考えるとわくわくした。

(相手は妖怪なのに怖いと思わないなんて、私どうかしてる)

そう思いながらも、心は高ぶっていた。

(やってみようか)

要は自分の存在を必要としてくれているのだ。それに応えたい気持ちもあるし、新しいことにチャレンジしてみたい気持ちもある。ただの勘だが、これは自分にとっての転機になるような気もする。

昔から母に「お姉ちゃんに比べて葵は」と言われ続け、葵は自分でも自分を卑下するようになってしまった。

けれど、今日を境に少しずつ変われたらいいなと思うのだ。

自分に自信を持てるようになるためには、妖怪の子供を預かるという普通ではない仕事はうってつけかもしれない。

(だってこれなら誰とも比べられない)

葵はそう考えると少し笑って、一度呼吸を整えると、要と英を見つめて宣言した。

「私、やります。妖怪の子、預かります」

すると二人は満足そうに笑う。

「さすが葵」

「お前、気弱そうな見た目に反して度胸あるな」

葵もつられて笑ったが、やがて猛の重さに耐えかねて、腕をぷるぷる震わせながら言った。

「すみません……猛くんの抱っこ代わってください」

翌日の午前中に、要は猛を連れて葵の部屋にやって来た。今日は要に猛の普段の様子――ミルクをどのくらい飲んでいるかとか、どのくらい昼寝をするかとか――を教えてもらうのだ。

「え、一度にこんなにミルクを飲んでるんですか？　人間の赤ちゃんが飲む倍の量ですよ」

　葵は驚いたが、要がミルクを作って飲ませると、猛が哺乳瓶から一気飲みし始めたのでさらに驚いた。

「……すごい。何だか見ていて気持ちがいいです」

　人間の赤ちゃんなら「飲ませ過ぎでは？」と言いたくなる量だが、鬼の赤ちゃんに人間の常識は当てはまらない。猛の機嫌がいいならこれでいいのだ、きっと。

「だから馬鹿みたいにミルク代がかかるんだ」

　要の言葉に葵は「大変ですね」と笑ってから、こう続ける。

「でも、姉の子の世話をして得た私の知識はあまり役に立たなそうですね。一度常識を忘れないと」

「姉の子か。そういえば葵も姉貴がいるんだな」

　葵の呟きに要が返す。葵はミルクをがぶ飲みする猛から要に視線を移した。

「要さんもお姉さんがいらっしゃるんですか？」

「いる」

　自分からこの話題を振ったというのに、要は急に言葉少なになった。そしてぽつりと言う。

「葵も大変だな。姉貴っつー生き物は理不尽だからな。お前も苦労してきたんだろ。俺たちは仲間だ」

「ええっと……」

何の話だろうと思いながら葵は返事をする。

「うちの姉はそこまで理不尽ではないです……。確かに姪っ子をちょっと預かってほしいとか急に頼みごとをしてきたりはしますが、基本は優しいです。とても綺麗で優秀ですし」

「そうなのか」

「要さんのお姉さんはどんな人なんですか？」

葵が尋ねると、要は顔を青くして小声でこう返してきた。

「あいつの話はしたくない。噂をしてたら本人が現れるとか、何かそんなことわざがあっただろ？」

「噂をすれば影が差す、ですか？　そんなに顔を合わせたくないんですか？」

そう質問すると、要は無言で何度も頷いた。ウサギのように表情が弱々しい。怖いものなんてなさそうな要がこんなふうになるなんて、どれだけ恐ろしい姉なのか。

「げっふッ……」

ミルクを飲み終わった猛が大人顔負けのげっぷをしたところで、葵は話題を変えた。

「そう言えば今日、学校が終わったら幸野ちゃんが遊びに来てくれるみたいです。英さんからそう伝え聞きました」

「ふーん」

要は猛の口からこぼれたミルクを拭きながら、興味なさそうな返事をした。葵はふと気になって尋ねる。

「お二人の知り合いということは、幸野ちゃんも妖怪なんですか？」

「そうだ」

要は軽く答えた。

「でも、幸野ちゃんは子供ですけど、もう人間の姿に変われるんですね。ランドセル背負ってましたし、普通に人間の学校に行ってるんですよね」

「ああ。あいつ、もう十歳くらいだからな。そのくらいの歳になったら、気を抜いた時に妖怪の姿に戻っちまうようなこともまずないだろ。まぁ幸野の場合、妖怪に戻っても人間の時の姿とほとんど変わらないけどな」

「幸野ちゃんは何の妖怪なんですか？」

「座敷童《ざしきわらし》だ」

要の答えに葵は感動する。メジャーな妖怪に会うと、有名人に会った気分になる。

「座敷童！　幸野ちゃんはこの近所に住んでるんでしたっけ？」

「ああ。あいつの家は金持ちだぞ。豪邸に住んでる」

「さすが……。羨ましい」

つい本音を漏らしながら、「あれ？」と葵は疑問に思った。

「でも、ここに住んでないなら、英さんと幸野ちゃんはどういう知り合いなんですか？　英さんはご自分のことをこの辺りの妖怪のまとめ役と言っていましたし、顔が広いから幸野ちゃん一家とも顔見知りということでしょうか？」

「まぁ、そういうことだ」

「でも、英さんはこの前、幸野ちゃんにケーキを買ってあげていました。だから私、二人はただの顔見知りではなく、もっと親しいのかと思ってました」

葵の疑問に、要はあくびをしながら答える。昨日の夜も何度か起きて、猛にミルクをやったのだろう。

「英が幸野にケーキを買ったりしてやってるのは、幸運をもたらす座敷童の恩恵を受けたいと思ってのことだろ」

「ええ……。英さん、下心満載じゃないですか」

その下心を隠さず、英は幸野にも『俺のビジネスが成功するようにしてくれ』と言っているらしいが、幸野は意識して誰かを豊かにしたりはできないようだ。

ただ、座敷童である幸野に親切にして好かれると、運がよくなったり幸運が舞い込んで来たりするらしい。

「だから葵はもしかしたら、これからどんどん幸せになるかもな」

「え、どうしてです？」

「幸野に好かれてるだろ。この前はあいつを助けてたし」

「助けたと言っても大したことはしていないのですが……」

でも待てよ、と葵は思った。

（まさか妖怪アパートだとは思っていなかったけど安い物件も見つかったし、妖怪の子守りだけどバイトも決まった）

至急叶えたかった葵の望みが、二つとも叶ったのだ。

「幸野ちゃんのおかげ？」

妖怪に関わることになるのは予想外だったが、葵は幸運の座敷童に感謝した。

そしてその隣で、猛はもう一度豪快なげっぷをしたのだった。

「げぷっ……！」

# あやかしアパートの住人たち

「妖怪かぁ」

宵月荘に越してきた翌々日、午後一時になると、葵は歯磨きをしながら呟いた。

「そういえば妖怪が出てくる漫画って描いたことないな」

妖怪と知り合いになるという珍しい体験をすることになったのだから、何か漫画に活かせればいいなと考えた。

けれど今はとりあえず引っ越しの挨拶を済ませなければ、と葵は眼鏡のレンズを拭き、手櫛で軽く髪を整える。

今日の午前中は要が猛を連れて来て、猛のミルクの一気飲みと豪快なげっぷを見せてもらったが、二人は昼には自分たちの部屋に戻った。

「色んな意味で緊張する」

粗品の入った袋を持ち、葵は呟く。普通の引っ越しの挨拶でもどんな人が住んでいるのかとドキドキするのに、ここの住人はみんな妖怪なのだ。

(英さんは、この宵月荘の住人に危険な妖怪はいないって言ってたけど……)

人間を食べる妖怪がいないことを願いつつ、葵は部屋を出ようと扉を開ける。

　すると、ちょうど開けた扉の前に猛を抱いた要が立っていた。扉をノック——というか叩こうとしていたところだったようだ。

　そのうち要にノックの仕方と、扉の横にチャイムがあることを教えようと葵は思った。

「要さん、何かご用ですか？」

「いや、特に用はない。猛も今は大人しいし」

「そうですか」

　要が堂々と言うので、葵はそこから何と返せばいいのか分からなくなった。何をしに来たのだ。

　すると葵が持っている粗品の入った袋を見て、要がこう言ってきた。

「それ、昨日俺も貰ったやつだな。他の部屋にも挨拶に行くのか？」

「あ、そうなんです。これから行こうと思って……」

「ふーん。じゃあ俺もついて行く。暇だからな」

「暇なんですか」

　追い返すことはできなかったので、葵は要と猛を引き連れて挨拶回りをすることになった。

（だけど要さんがついて来てくれてよかったかも。心強い）

そう思いながら、葵はまず隣の二〇三号室のチャイムを鳴らそうとしたのだが、その前に中から扉が開いた。

出てきたのは、黒髪で大人しい雰囲気の若者だった。前髪は少し長めだが、ちらちらと見え隠れする瞳も黒色だ。

「こんにちは」

彼は葵に驚くこともなく、そう挨拶してくる。

「あ、こ、こんにちは」

「要さんもいる。もうすっかり仲良しなんですね」

青年は葵の後ろにいた要に目をやって言った。よく分からないが、葵はとりあえず自己紹介を始める。

「あの、私、藤崎葵といいます。一昨日、二〇二号室に——」

「引っ越してきた人ですよね？　挨拶に来てくれたんですね」

「あ、はい。そうです。昨日も——」

「来てくれたんですよね？　すみません、分かってたんですが、僕、学校があったので。大学生なんです」

「分かってた？」

葵がきょとんとすると、青年はほんのりと笑った。

「僕、件《くだん》なので。未来予知が得意なんです」

件という妖怪の名前は葵も聞いたことがある。確か牛の体に人間の顔を持ち、災害などが起こる前にその予言をする妖怪だったはずだ。

「けど、お前、大した予知はしねぇんだよな。件って天変地異が起こるとかでかい戦争が起こるとか、そういうことを予言するんだろ？」

要が口を挟み、青年は困ったように返す。

「天変地異も大きな戦争も、そんなにしょっちゅうは起こらないので。それにそういう重大なことについての予言をしたら、件って死んじゃうんです。僕はまだ死にたくないので、予知しないようにしてます」

「何だか大変ですね」

妖怪には妖怪特有の苦労があるらしい。

青年は「そうなんです」と頷きながら、思い出したように名乗る。

「あ、僕の名前は知多修一《ちたしゅういち》です。よろしくお願いします」

「こちらこそよろしくお願いします」

修一と葵が頭を下げ合ったところで、

「葵は妖怪じゃなくて人間だからな」

と要が言うが、修一は「知ってます」と返してきた。それも予知していたのかもしれない。

粗品を渡して去ろうとしたところで、ポケットに入れていた葵のスマートフォンが鳴る。

「すみません」

ちらりと画面を確認すると、母からの電話だった。葵は見なかったことにして再びポケットに仕舞おうとするが、修一がそれを止める。

「葵さん、出た方がいいですよ。無視し続けると『娘と連絡が取れない』『元のマンションにもいない』ってことで警察沙汰になります」

「え」

それは困ると思い、葵は電話に出ようとしたが、間に合わずに切れてしまった。

「後でかけ直します。では知多さん、また。お時間取らせました」

「いいえ、何か困ったことがあれば言ってください。ここは妖怪ばかり住んでいて普通のアパートではないですし……あ、でも葵さんには要さんがいるから大丈夫ですね。フフフ……」

修一はそう言うと、意味ありげに笑いながら扉を閉めたのだった。

「な、何だろう」

「さぁ？」

葵のつぶやきに、要も首を傾げながら返事をする。

そして次は二〇四号室のチャイムを鳴らすが、こちらはなかなか応答がなかった。

「お留守でしょうか？」

「いや、いる気配がする。たぶんまだ寝てるんだろ」

要はそう言うと、猛を抱いているのとは反対の手で激しく扉を叩く。

「おい！　明楽《あきら》！　出てこい！」

「か、要さん、いいですよ、寝てらっしゃるなら……」

葵があわあわしていると、「うっせー！」という声と共に中から若い男性が出てきた。

本当に寝ていたようで、茶色く染められた髪には寝ぐせがついている。

「お前の馬鹿力で叩いたらドアが壊れるだろ！　頼むからチャイムを鳴らすことを覚えてくれよ！　ほんとお願いします！」

文句を言う男性は、ガサツな要の被害を普段から受けていることが予想できて、葵はちょっぴり同情した。声からして、昨晩猛の泣き声に対してうるさいと文句を言っていた人かな、とも思った。

そして彼はふと葵に気づく。

「あれ？　女の子？　まさか要の彼女？」

「ち、違います！」

葵が訂正して、自分は二〇二号室に引っ越してきた者だと説明する。

「藤崎葵です。よろしくお願いします」

「葵ちゃーん！　可愛いね！　俺、長首《ながす》明楽！　二十三歳、フリーター！　よろしく！」

要の彼女ではないと分かると、明楽は葵に親しげに声をかけてきた。

「苗字の長首は長い首って書いて〝ながす〟ね！　お察しの通りろくろ首でーす」

「はい」

察していなかったが葵は頷いた。随分明るいろくろ首だ。それに何と言うか軽い。

今も握手をするふりをして葵の手を握ってくる。

と、そんな明楽の手首を要が掴んだ。

「ちょっ、痛い痛い痛い！　要！　折れる！」

明楽が訴えると要は手を離す。

「何だよ、もう。要の彼女じゃないんだろ？」

「何か腹立ったから」

「これくらいのことで人の手首を折りにかかってくるなよ。ほんと恐ろしい奴だな」

「あの、ではこれからよろしくお願いします」

ぶつぶつ言う明楽に葵は粗品を渡し、手早く挨拶を済ませた。楽しい人だが、長々と話すと面倒なことになりそうだなと思ったのだ。

「待って、葵ちゃん！　連絡先教えて！　今度ご飯行こう！」

初対面でぐいぐい誘ってくる明楽のメンタルの強さを羨ましく思いながらも、葵は
「他の部屋にも挨拶に行きますので……」と連絡先の交換は拒否した。交換したが最後、怒涛の連絡が来ると思ったからだ。きっと女の子みんなにこんなふうに声をかけているのだろう。

「葵ちゃーん！」

明楽は追いかけて来そうな勢いだったが、要が大そう恐ろしい顔をして睨んだので、スッと大人しくなって部屋に戻っていった。

葵はふぅとため息をついて言う。

「これで二階は終わりですね。まだ二軒しか訪ねてないのに疲れました」

主に明楽のせいだ。

「でも本当に、見た目はみんな普通の人間ですね」

「別に怖くないだろ？」

「ええ、安心しました。お二人の妖怪の姿も見てみたいくらいです」

「明楽は首が伸びるだけだから何も面白くないぞ」

そんなことを話しながら、二人で階段を下りて一階に向かう。猛はずっと要の顎を

見ていて暇そうだ。

そして一〇一号室の前に着くと、要はこう続けた。

「二階には猛以外に子供はいねぇけど、一階はどの部屋にも子供がいる。ここは化け狐の夫婦とその子供が暮らしてる」

「化け狐……楽しみです」

葵はチャイムを鳴らしながら言った。

「はーい、どなた～？　あ、鬼童さんっ⁉」

出てきたのは奥さんで、黄色っぽい金髪の髪に、目じりがつんと上がった人懐っこい顔立ちの女性だった。彼女は要を見ると若干怯えて肩をすくませる。今は人間の姿だが、しっぽがあったなら丸まっていただろう。

「鬼童さん？」

奥から出てきた旦那さんも、奥さんとよく似た顔立ちをしていた。髪の色は旦那さんの方が暗く、茶色っぽい。そして旦那さんも怯えながら「な、な、何のご用でしょうか？」と要に尋ねてきた。

葵はひそひそと要に言う。

「どうして怯えているんですか？　要さん、何かしました？」

「してねぇよ。弱い妖怪は勝手に怯える」

妖怪同士のことはよく分からないが、要の妖気みたいなものを感じるのかもしれない。

　要は化け狐夫婦に言う。

「用があるのは俺じゃない」

　そして葵が挨拶をすると、二人は「どうもよろしく～」と笑ってくれた。

「葵ちゃんは人間なのね～」

「そうなんです～」

　奥さんの口調につられながら返事をしたところで、葵はふと部屋の奥の影に気づいた。居間からそっとこちらを見ていたのは、可愛い子狐だった。

　体が小さいので三角の耳は大きく見え、しっぽはもふもふさふさだ。丸い目は好奇心旺盛に葵を見つめてくる。

「うちの息子です～。黄助《おうすけ》～、挨拶して」

　旦那さんが手招きすると、子狐の黄助はとてとてと玄関へやって来た。そして両親の足元に隠れつつ、顔だけ覗かせて葵に言う。

「こんにちは」

「わぁー、こんにちはー！」

　子狐が喋ったので葵はテンションが上がった。

「すごいね、ご挨拶できるんだねー！」

「うん」

高いテンションのまま葵が褒めると、黄助は恥ずかしそうに頷く。

「黄助は今、四歳なんです～」

旦那さんが言った。

「そうなんですか～」

かぁーわいいなー！　と思いながらほほ笑むと、黄助のしっぽが少しだけ揺れた。

それを見てまたムフフと笑いながら、葵は化け狐夫婦に向かって説明する。

「私、要さんが仕事に行っている間、猛くんを預かることになったんです。妖怪の子供は上手く人間に姿を変えられなくて、保育園には預けられないと聞いたので。ですから、お二人が困った時も私に声をかけてくださいね。会ったばかりの人間を信頼はできないかもしれませんが、お仕事で忙しい時なんかに黄助くんを――」

「預かってくれるの⁉」

嬉しそうに反応したのは奥さんだ。

「助かる～！　だって生活が苦しくても、私、今は黄助の面倒を見なくちゃいけないから働きに出られなかったの～。たまにこのアパートの一階の住人同士で協力して、子供を預けたり預かったりすることはあるけど、それじゃしっかり働けないから」

奥さんは続ける。

「働きに出たらお給料が入るし～、その中からいくらか出すから平日は預かってもらえたら嬉しい～」

「もちろん大丈夫ですよ」

葵も貧乏なので、お金なんていいから預かりますよと言えないところが悲しいが、お金をもらう分、仕事としてしっかりやるつもりだ。

「ではまた後で伺いますね。黄助くんを預かる前に、好きな食べ物とか、食べちゃいけないものとか、そういうの色々とお聞きしたいので」

犬は玉ねぎやチョコレートなどを食べさせてはいけないが、黄助は犬扱いしていいのだろうかと迷いながら葵は言った。

「ありがと～」

「よろしくお願いします～」

化け狐夫婦に手を振られ、黄助にしっぽを振られながら、葵は一〇一号室を後にした。

「次は一〇二ですね。うちの真下だ」

足音などが響いているかもしれないので、ちゃんと挨拶しておかないといけない。

「ここは貧乏神の親子が住んでる」

「貧乏神ですか」

要の説明に、貧乏神って妖怪というより神様では？　と思いながらチャイムを鳴らす。しかし中から人は出て来ず、背後から「何かうちにご用でしょうか……？」という弱々しい声が聞こえてきた。

振り返ると、そこにいたのは三十代くらいの細身の女性と、髪をポニーテールにした活発そうな小学生の女の子だった。二人は親子のようで、スーパーに買い物に行ってきた帰りなのか、手にはエコバッグを持っている。

「猛くんだ！」

女の子ははきはきと明るく言って、要に抱かれている猛を見るため駆け寄ってきた。

「え、栄万《えま》……」

「大丈夫だよ、お母さん！　要さんも猛くんも怖くないよ」

子供とは反対に、母親の方は気弱そうだ。やはり要に怯えているらしい。

母親も部屋の前まで来ると、葵はこれまでと同じように引っ越しの挨拶をした。人間だということと、猛や黄助を預かることになったと伝える。

「まぁ……。それって、夕方から夜まで預かってもらうこともできるんでしょうか？　私、仕事の帰りは夜の九時近くになることがあるんですけど、それまで小学校から帰ってきた栄万は一人になってしまうので」

母親——困木栄子《こまきえいこ》はシングルマザーらしく、頼れる家族はいないようだ。

「実家の両親も仕事が忙しくてなかなか頼れなくて……。なにせ貧乏神の家系なせいか、働いても働いても貧乏で。私は親が栄子という名前をつけてくれたのに、少しも栄えることはなく……」

栄子は笑って言ったが、眉は困ったように垂れていた。わりと切実らしい。

「元夫は私に借金を押し付けて逃げてしまいますし、私が就職した会社や店がつぶれたりはしょっちゅうです。それにお金を多く持っている時に限って財布を落としたり盗られたりしますし、この宵月荘に来る前は住んでいるところがよく火事になったりして……とにかく大変なんです」

「……お、お疲れ様です」

何と言っていいか分からずに、葵はそう返した。栄子は続ける。

「でも安心してくださいね。ここは燃えたりしませんから。だって宵月荘には座敷童の幸野ちゃんがよく遊びに来てくれるんです」

幸野が来ることで、栄子たちの運の悪さが相殺されるらしい。

「うちの栄万と幸野ちゃんは同じ小学校の同級生で、クラスは違うんですが仲がいいんです。幸野ちゃんのおかげで私は財布を落とすことも減りましたし、栄万にいたってはほとんど不運に見舞われずに過ごせています」

「それはよかったです」

同じように貧乏な者として葵は心からそう言い、先ほどの話題に話を戻す。

「栄万ちゃんを夜まで預かるのも大丈夫ですよ。九時までなら私の方は問題ありません」

漫画を描くのはそれからでもできる。

「ありがとうございます。栄万はしっかりした子なのですが、一人でずっと留守番させるのは可哀想だったので」

「いえいえ、ところで……」

言いにくいが言わねばならない、と、葵は栄子が持っている年季の入ったエコバッグを指さし、重い口を開いた。

「そのエコバック、縫い目がほつれて破れてます。もしかして中の商品をいくつか落としてきたのでは？」

「え？　……あ！　本当！」

栄子は慌ててエコバッグの中身を確認し始めた。そして悲し気な顔をして言う。

「よりによって奮発して買った牛肉がなくなってます……」

「大丈夫だよ、お母さん！　わたしが探してくる！　牛肉大事だもんね」

がっかりする栄子に、栄万は張り切って言った。頼もしい子だ。

「待って。お母さんも行くわ」

一人で行かせるのは危ないと思ったのか、栄子はエコバッグを一旦家に入れると、葵たちに「では」と頭を下げて来た道を戻っていった。

二人を見送った後、葵はハッとして言う。

「栄子さん、鍵かけてませんでしたよね？」

「そういや、そうだな」

エコバッグを玄関の上がり框《がまち》に置いた後、扉を閉めただけでそのまま行ってしまった。

「すぐ帰ってくるだろうし大丈夫だろ」

「いえ、分かりませんよ。一瞬の隙に泥棒に入られて、家にある家財を根こそぎ持っていかれるかも。困木家ならあり得ます。一応注意しながら隣に挨拶に行きましょう」

一〇二号室をちらちら見ながら、一〇三号室を訪ねる。

「ここはお留守みたいです」

何度かチャイムを鳴らしたが誰も出てこなかった。

「土曜だし、一家でどこかに出かけてんのかもな。ここの子供は姉妹だ。親は何の妖怪だったか……うーん、まぁ大した妖怪じゃない」

要はすぐに思い出すのを諦めて言った。

葵は相変わらず一〇二号室をチラ見しながら、最後の一〇四号室に向かった。チャイムを鳴らすと出てきたのは、小さな鼬《いたち》を片腕に抱いた、人の好《よ》さそうな大男だった。

「こんにちは。引っ越しのご挨拶に伺いました」

葵が軽く頭を下げると、

「あ、これはどうもご丁寧に」

男性は慌ててそれより深く頭を下げ返してきた。

そして葵が一通り引っ越しの挨拶をし終えると、相手も自己紹介を始める。

「自分はだいだらぼっちなのですが、息子——千速《ちはや》は鎌鼬《かまいたち》なんです。僕の妻が鎌鼬なもので……」

「そうなんですね。千速くんはおいくつですか？」

葵は父親に尋ねながら、茶色の毛皮を持つ子鼬を見てにっこりほほ笑んだ。すると子鼬は自分に尋ねてきたと思ったのか、片手を上げて「よんさい」と答える。親指を折って四本にしようとしているようだが、鼬の手では難しいらしく五本のままだ。

「四歳なんだね」

「いえ、違うんです」

父親は苦笑して訂正する。

「まだ二歳半です。一〇一号室の黄助くんが四歳なので千速も真似しているんですよ。

男の子同士、黄助くんとは仲良くさせてもらっているので」

「お兄ちゃんに憧れてるんですね」

葵も笑って言う。千速はよく分かっていない様子で、こてんと首を傾げた。

一方、要は別のところが引っかかったようだった。

「お前、妻が鎌鼬って言ったけど、妻なんていたのか？　てっきり一人親だと思ってた」

「あ、はい。えっと……」

あきらかに要より年上で体も大きいのに、父親は要に気後れしている様子で答える。

「妻はほとんど一緒には住んでいないんです。彼女は風のような人で、一か所に留まっているのが苦手なので。だから日本中を転々として、ここには千速の顔を見にたまに戻ってくるだけなんです」

「俺の身内にもそういう奴がいる……いや、あいつの話はやめよう。お前の嫁も無責任だな」

要が眉間に皺を寄せて言うと、父親は目を細めて笑った。

「まぁ、しょうがないですよ。うちの妻は妖怪としてそういう性質なんです。千速も動き回ってじっとしていないし、よく似てます。二人とも僕とは正反対の性格で、とても愛しいですよ」

父親はのんびり言う。要はいきなり顔面に甘い砂糖をかけられたみたいに顔をしかめた。

その後も少し話をしたが、千速の父親もやはり仕事が忙しいようなので、葵は千速のことも預かることになった。

「じゃあまたね、千速くん」

葵が手を振ると、千速も短くて小さな手をパパッと素早く二回振る。動きがちょこまかしていて可愛い。

そして玄関の扉が閉まると、

「これで終わりだな。部屋に戻るか？」

要がそう言ってきた。しかし葵は困木親子がこれ以上の不幸に見舞われないか心配だったので、泥棒が入らないよう、一〇二号室の前で立って二人の帰りを待つことにしたのだった。

「無事に牛肉を回収できていたらいいんですけど……」

「俺は別にどうでもいい」

週が明け、月曜日になると、葵はさっそく化け狐の黄助と鎌鼬の千速を朝から預かることになった。二人の父親は平日は仕事で、黄助の母親は仕事を探しに出かけたのだ。

黄助と千速は朝から元気で、今は葵の部屋の中を駆け回っている。

(なんか子供を預かったというより、動物を預かっている感覚……。どちらにしても私としてはパラダイスだからいいんだけど)

はしゃいでいる子狐と子鼬を眺めていると、可愛くて勝手に笑顔になってしまう。

「お部屋の中ではなるべく静かにしようね」

葵が優しく言うと、二人は「はーい」といい返事をして一旦静かになったが、すぐにまた走り回り始めた。

(この歳の男の子にずっと静かにしてろっていうのは無理があるよね。あとで公園に行こう)

真下の部屋の住人である困木親子は、今は二人とも家にはいないはずだ。栄子は仕事、栄万は小学校に行ったのだから。

ちなみに栄万は、小学校から帰ってきたら葵の部屋に来ることになっている。

(そう言えば、要さんはいつ猛くんを預けに来るんだろう?)

この土日、要は猛を連れて葵の部屋に通ってきたのだが、一向に仕事に行く気配はなく、結局要も一日中そばにいるというよく分からない状況になっていた。

と、そんなことを考えていたら、玄関の扉が叩かれ、要と猛がやって来た。

（今日はついにお仕事かな）

そう思いながら扉を開ける。猛は要に片腕で軽々と抱かれ、静かに寝ていた。

「要さん、今日はお仕事ですか？」

葵は猛を気遣い、小声で尋ねる。しかし要は「いや」と首を横に振った。

「違う、仕事じゃない。暇だから来た」

「今日も暇なんですか」

相変わらず要は無職でも堂々としている。そしてこう説明した。

「英が言うには、今はまだ俺が必要になるような仕事はないらしい。悪い妖怪を退治する段階になって初めて俺が必要で、それ以前の調査の段階では俺はいらねぇ、むしろ邪魔だって」

要は気分を害した様子で言う。そして続けた。

「英が、暇な時は葵のところにでも行ってろって」

「英さん……」

葵は金髪スーツの妖怪の姿を思い浮かべ、ちょっとだけ文句を言いたくなった。猛のことは確かに預かると言ったが、成人男性である要のことまで預かるつもりはないのだが。

そして要もなぜ素直に来てしまうのか。

「じゃあどうぞ、入ってください」

仕方がないので猛と一緒に要のことも招き入れる。

と、要を見て、黄助と千速の二人は急に大人しくなった。要が怖いのだろうか、畳んで部屋の隅に置いてある葵の布団の隙間に無理矢理入っていく。そして中でむぎゅむぎゅと方向転換し、二人して布団の隙間から顔を出して要をうかがう。

葵はそんな二人を見て笑みを浮かべつつ、猛を見てそっと言う。

「猛くん、よく寝てますね。私の布団しかないですけど、広げて上に置きますか？」

そうすると黄助と千速の隠れ場所がなくなってしまうが。

「いや、抱いてるから大丈夫だ。置くと起きて泣くしな」

「背中スイッチっていうやつですね」

赤ちゃんは抱かれているとすやすや眠るが、布団やベッドに置くと起きてしまうことが多いので、押すと目覚めるスイッチが背中にあるのではと言われている。

それにしてもそこそこ重い猛を片腕でずっと抱っこしていられるなんて、さすが鬼の妖怪だ。それに要自身も、猛の面倒を見ることを面倒くさがっている様子はない。疲れたり、大変だと思うことはあるだろうが、葵に全てを任せることはせず、自分で世話をしようとしている。

（意外といいお父さんなのかも）

葵はほほ笑ましく思った。

しかし要が来たことで部屋の中は静まり返ってしまった。黄助と千速はまだ布団に籠城していて出て来ない。

二人を布団の外に出そうと、葵はスケッチブックとクレヨンを取り出した。スケッチブックは元々持っていたものだが、クレヨンは昨日買ってきたのだ。

「二人とも、お絵描きしない？」

笑顔で言ってからハッと気づく。狐と鼬である二人にお絵描きは無理だ、と。

「ってことは、折り紙と積み木も無理だ。せっかく買ってきたけど……」

買い物している段階で気づくべきだった。この肉球つきの可愛いおててでできることは限られているのに。

お絵描きや積み木で二人を誘い出すのは無理だと悟り、葵は困った顔をして要を見る。

「要さん、二人に『怖くないよ』って声をかけてあげてください」

「何で俺がそんなこと」

「二人はあきらかに要さんを――」

そこであることを考えついて言い直す。

「〝すごく強い妖怪〟である要さんを恐れているからです」

すると要は気をよくして「まぁそれは仕方がないな」と返してくる。単純だ。葵は続けた。

「このままじゃ黄助くんたちは布団から出て来ません。ああやって顔だけちょこんと出しているのも可愛いのですが、二人にはのびのび遊んでほしいので、要さんが優しく声をかけてあげてください」

「ヤサシク……？」

初めて耳にする言葉かのように、要は片言だった。

「お願いします、要さん」

葵は要を見つめる。

すると意を決したように、要は黄助たちを見て喋り出した。

「コ、コワクナイヨー」

優しい声と言うよりただ小声なだけだし、ロボットみたいに感情がこもってない。が、まぁいいだろう。葵は続けて囁く。

「次は『大丈夫だよ』でお願いします」

「ダイジョウブダヨー」

「『出ておいで、一緒に遊ぼう』」

「デテオイデー、イッショニアソボウ」

すると布団の中で、黄助と千速はくすくすと笑い出した。

「変なのー」

「へんだよね」

そして二人は新しいおもちゃを見つけたかのように、キラキラした瞳で要を見つめながら布団から出てくる。

「お、出てきた。さすが葵」

「いえ、私ではなく要さんのおかげです」

正確に言うと、要の言い方がおかしかったおかげだ。

そして黄助と千速の二人は、猛を抱いてあぐらをかいている要の周りをうろうろ回り出した。要に飛び掛かる隙をうかがっているみたいだ。

「要さん、狙われてます」

葵は一応警告したが、要はまだ幼い二人のことなんて気にしていないようだった。

飛び掛かられたって痛くも痒くもないのだろう。

そんな要の態度にプライドを傷つけられたのか、黄助と千速は段々本気の目つきになってきた。そして千速は次の瞬間、その場から掻き消えた――ように葵には見えた。

と同時に、窓も玄関扉も閉まっているはずなのに、部屋の中に一陣の風が吹く。

「え？　何⁉」

「鎌鼬は風に姿を変えて人を斬りつける」

驚く葵に、要が冷静に言う。そして吹き抜ける風を片手で捉えたかと思うと、その手には鼬の千速が捕まっていて、じたばたと動いていた。

「まぁ斬りつけるっつっても、こいつのこの爪じゃ引っ掻き傷しかできねぇだろうがな」

要はぽいっと千速を放って言う。確かに千速の爪はまだ小さく、普通の鼬の爪と変わりはない。千速は悔しそうにキューキュー鳴いた。

「千速くん、風になれるんだ⁉　すごい」

しかし葵が本気でびっくりしているのを見て、千速は自慢げにもう一度風になる。そして葵の周りをぐるぐる回った。

「あはは！　涼しい！　すごいね！」

「すごい？　ちはや、すごいでしょ？」

最終的に千速は葵の肩に着地し、得意そうに言った。

と、年上の黄助も負けていられないと思ったのか、「あおいお姉さん！」と葵を呼ぶ。

「おれもすごいよ！　変化《へんげ》できるよ！」

「変化？　そうか、黄助くんは化け狐だもんね。何に変化できるの？」

「なんでも！　じゃあ、あおいお姉さんに変わってあげる」

そう言って、黄助は辺りをきょろきょろと見回した。何かを探しているようだ。

「何を探してるの？」

「はっぱ！　はっぱを頭にのせないと変化できない」

何やらそういう決まりがあるようだ。

「葉っぱかぁ。外に行かないとないなぁ」

「じゃあ、これでいい」

黄助が前足で指したものはティッシュペーパーだ。

「え、これでいいの？　そんな適当な……」

葉っぱじゃなくてもいいのかと思いながら、葵はティッシュペーパーを一枚取って黄助の頭の上に乗せてやる。すると黄助はコン！　と鳴き、それと同時に白い煙に包まれた。

「わぁ、すごい」

葵はパチパチと手を叩いた。まるでマジックショーを見ているみたいだ。

しかし変化を終えたはずの黄助は、まだ黄助のままだった。一つだけ、葵がかけているものとよく似た眼鏡はかけていたが。

変化が上手くいかなかったのは頭に乗せたティッシュペーパーが原因かと思ったが、単に黄助の技術不足らしい。

「お前、変化下手くそだな」

「要さん、しーっ！」

ぼそっと言う要を黙らせ、葵は眼鏡をかけた子狐に大きく拍手をする。

「眼鏡は私そっくりだね！」

「そうでしょ！」

子狐は胸を張った。かと思えば、今度は千速が対抗意識を燃やして「おねーさん、みて！」と葵の服を引っ張る。

「ぼく、しっぽ、かめる！」

そして畳の上に転がると、千速は体を丸めて自分のしっぽを持ち、その先をもぐもぐと噛んだ。

「わぁ、体が柔らか――」

「あおいお姉さん、見て！」

今度は黄助だ。

「おれはお手できるよ！　ほら！」

そう言って、正座している葵の膝を右前足でばんばん叩いてきた。お手は一回で十分だと思うし、ペットの犬と同じことができると自慢するのは、果たして妖怪の誇り的にどうなのかと思った。

だが、可愛いので葵は笑う。

「上手にでき――」

「おねーさん！　みて！」

次は千速だ。

「お姉さん！　見て！」

黄助も声を張り上げる。葵は前足で上手に顔を洗えるという千速と、鼻を舌でぺろぺろ舐められるという黄助を交互に見るので忙しい。しかし二人の『できること』のレベルが段々下がっていっている気がする。

「二人ともすごいよ。上手だよ」

本当は「可愛いよ」と言いたかったが、男の子はそれを言われても嬉しくないかと思い、言葉を飲み込んだ。

と、そんなことをしていると、いつの間にか猛が起きていた。

「あぷ！」

そして猛まで二人に対抗して、自分はこんなことができるんだぞと言うように、握った拳をベロベロと舐め始めたのだった。

「月傍公園に行こう！」

　要と黄助、千速と一緒にお昼ご飯を食べ、猛にミルクをやり終えると、葵はそう言って立ち上がった。元気な男の子二人をずっと家の中に閉じ込めておくのは限界がある。

　しかし黄助と千速を抱っこし、要と猛と共に外に出たところで、このままではまずいと気づく。

「黄助くんと千速くんは、他の人から見たら狐と鼬だもんね」

　妖怪だとは気づかれないだろうが、狐と鼬を公園で遊ばせていいものか悩む。これから行こうとしている月傍公園はかなり広く、子供が遊ぶ遊具があるエリア以外にも、小さな林に囲まれた遊歩道があったり、芝生のエリアや池があったりする。

（犬の散歩もできるけどリード必須だし、確かドッグランもあったけど……）

　葵はちらりと黄助を見る。無邪気な目をして、ハッハッと舌を出しながらこちらを見上げている。

　黄助は狐だが、野生の狐と違って人懐っこい顔だ。それに野生動物のように飢えるということがないからか少し丸い。

（犬に見えなくはない……）

　葵は密かにそう考え、黄助に言う。

「黄助くん、ドッグランで遊ぶのは……嫌？」

犬と一緒にされるのは嫌だよねと思いつつ尋ねたのだが、黄助はしっぽを振ってこう答えた。

「いやじゃないよ！　父ちゃんや母ちゃんともよくドッグラン行くよ！」

「あ、行くんだ……」

両親は人間の姿で見守っているのか、それとも狐の姿で犬に成りすまして自分たちも一緒に遊んでいるのか、どちらなのか気になる。

「じゃあドッグランに行こう。千速くんはフェレットということにしてもドッグランには入れないから、風に変わって黄助くんと一緒に遊ぼうね。それなら周りの人には見えないから」

「うん、いいよ！」

そうして葵たちは再び歩き出した。葵は人目を避けるように黄助と千速を抱っこする。

黄助はもふもふの毛皮が体を大きく見せているので実際はそれほど重くないし、千速に至っては、それこそ風のように軽い。

そしてこの二人よりも重い猛は、おくるみに包まれて要に抱っこされていた。空を見上げ、眉間に皺を寄せて目を細くしている。

「ぶー……」

「ふふっ、眩しいね」

笑って言いながら、隣を歩く要を見てふと思う。他人から自分たちはどう見えているのだろう、と。

赤ちゃんが生まれたばかりで、犬とフェレットを飼っている幸せな夫婦に見えるかもしれない。

（私は別にどう見られようと構わないけど、要さんは大丈夫なのかな？）

私みたいな地味な人間と夫婦だと思われたら嫌じゃないだろうか、と思うと同時に、奥さんに誤解されたりしないだろうかと心配になる。

（要さんはそういう心配をしてるそぶりはないけど……。奥さんは焼きもちとか焼かないのかな。いや、そもそも結婚してるのかどうかも分からないんだった）

未婚で子供を授かり、要が育てることになった。もしくは結婚して子供を授かったけど離婚した。という方があり得ると思った。

何故ならあのアパートの部屋に要と猛以外の人の気配はないし、奥さんがいたなら、さすがに要も葵とこうやって気軽に出かけることはしないだろう。

「あの、要さん」

「何だ？」

「いえ……」

勇気を出して口を開いてみたものの、結局葵は要に何も尋ねられなかった。詳しい事情を聞くには、まだ付き合いが浅い気がする。

気になるが聞けないという若干のもやもやを抱えつつ、葵はドッグランに向かったのだった。


「楽しかったー！」

「うん。たのしい、だった！」

二時間ほどドッグランで駆け回ると、黄助も千速もようやく満足した。ほとんどの時間は二人で遊んでいたのだが、黄助は時々、他の犬に遊んでもらったりもしていた。化け狐のプライドとかはないようだった。

「よかったね。じゃあ、またお水飲んだら帰ろうか」

葵は黄助と鼬の姿に戻った千速を抱っこし、ドッグランから離れる。要は猛を片手で抱き、もう片方の手で日傘を持って猛を日光から守っている。日傘は葵が貸したものだが、花柄のそれが絶望的に似合わない。

「猛くん、暑くないかな？　汗はかいてなさそうですか？」

「平気そうだ。気持ちよさそうに寝てる」

すやすや寝ている猛を確認すると、葵は公園の水道から、持ってきたコップで水を汲み黄助と千速に与える。

　すると二人はコップに口を突っ込んで勢いよく飲み出した。半分くらいはこぼれているる気がするが、喉が渇いていたようだ。頻繁に水は飲ませていたつもりだったが、もう少し回数を増やした方がいいかもしれないと思った。これから夏になると熱中症が心配だ。

　そしてみんなで公園を後にする。要に抱かれている猛だけでなく、黄助と千速も遊び疲れてうとうとしてきた。

　と、そこで、葵たちの行く先に『Matin《マタン》』と書かれたパン屋の看板が見えた。

　この『Matin』は実は葵の行きつけのパン屋だ。今時パンの耳を売ってくれるお店はほとんどないのだが、この店では一袋三十円で売ってくれる。最初はそれを目当てに行ったのだが、パンの耳だけを買うのはお店に申し訳ないので他のパンも買い、それが美味《おい》しかったので通うようになったのだ。

　初めはパンの耳で節約、と思っていたのに、今ではこの店で好きなパンを買うのが自分へのご褒美になっている。特にお気に入りなのはメロンパンだ。クッキー生地がサクサクなのはもちろん、パンの部分がパサついておらず、ミルクの風味があってしっとり甘くて美味しい。

（こっちに越して来てお店が近くなったから嬉しいな）

パンの焼ける香ばしい匂いにフフフと笑みをもらしながら、その『Matin』の前を通り過ぎようとした時だ。

「あ」

店の外に出ていた女性店員と目が合い、お互いに会釈をする。彼女は店先の黒板看板を仕舞おうとしていたところだったようだ。まだ店は営業しているが、その黒板に描かれているメロンパンは売り切れたらしい。

「こんにちは。いつも来ていただいてますよね」

何度か店で言葉を交わしたことがある女性店員——名札には『明日木《あすき》』と書いてある——は、長い黒髪を後ろで縛った、控えめな雰囲気の和風美人だ。

「はい。ここのお店のパンが好きで……」

「ありがとうございます」

明日木はにっこり笑って返した。

しかしふと要に視線を移したかと思うと、明日木は驚いた様子で目を見開く。そして今度は葵が抱いている黄助と千速を見て、戸惑いながらこう言った。

「その子たちは？」

「あ、ちょっと仕事で……。知り合いの……〝子〟を預かっているんです」

本当は知り合いの〝子供〟と言おうとしたが、ペットに見えるであろう黄助と千速にその言葉を使うと変に思われるかと思ってやめた。

「……そうなんですか」

明日木は戸惑ったまま言う。彼女は子狐と子鼬の存在に面食らっているのだろうかと葵は思った。

そして明日木は最後に眠っている猛の存在に気づくと、パッと表情を柔らかくする。

「まぁ、可愛い赤ちゃん！　男の子ですか？」

明日木が明るく言うので、葵はちょっと驚いた。明日木はいつも優しげにほほ笑んでいるものの、店員という立場だからかあまり表情も声のトーンも変わらないのだ。だからこんなふうに、思わずといった様子で顔をほころばせるのを見たのは初めてだった。

「……ああ」

しかし要が無愛想に答えると、明日木は我に返った様子で「すみません」と目を伏せた。謝る必要はないのだが、要が怖かったようだ。

「……では、またのご来店をお待ちしています」

「ええ、大好きなメロンパンを買いに来ます」

お互い頭を下げて別れた。

明日木が店に戻っていく姿を見ながら、要は葵に言う。

「葵、妖怪の知り合いがいたのか？」

「え？　妖怪？」

何のことか分からず聞き返す。要は何でもないことのように続けた。

「今の店員、妖怪だぞ。産女《うぶめ》っつー妖怪だ」

「妖怪……？　そんな……全然気づかなかったです」

葵はびっくりして言う。まさか行きつけのパン屋で妖怪が働いているなんて思わなかった。

「まぁ人間に姿を変えてるからな。妖怪同士だと相手の正体に気づけるから、向こうも俺やこいつらを見た瞬間に妖怪だと気づいたはずだ」

「あ、だからちょっと驚いた顔してたんですね。子狐の黄助くんや子鼬の千速くんに戸惑っているのかと思いました。でも、見ただけで何の妖怪かまで分かるんですか？」

「分かる。頭に浮かぶからな。あいつを見た時、産女って言葉が浮かんだ。産む女で産女」

要の説明に葵は「へぇ」と感心する。

「本当にみんな普通に人間社会で働いてるんですね」

「そうだな。街を歩いてりゃ、たまにこうやって妖怪を見かけることはある。周りの人間の目もあるし、いちいち『お前、妖怪だろ？』なんて言わないけどな」

「そうなんですか」

　実際、要は明日木に興味はなさそうだった。警戒することもなければ、仲間がいたと喜ぶこともない。妖怪同士が出くわしても自然だった。

（でも、そっか。こうやって妖怪たちは人間社会に溶け込んでるんだ）

　葵がそう思ったところで、今度は後ろからパタパタと二人分の足音が聞こえてきた。

「葵お姉さん！」

　振り返って見ると、座敷童の幸野がこちらに駆けて来て、貧乏神の栄万が少し遅れて幸野に続いていた。小学校の帰りのようだが、幸野はランドセルを背負っていないので一旦家に帰ったのかもしれない。

　幸野はほんわか柔らかな雰囲気だが、栄万はしっかりしていて、活発で真面目な雰囲気の女の子だ。けれど今は、何故か栄万の元気がない気がする。表情を見ただけだが、この前挨拶に行った時のような明るさがない。

「幸野ちゃん、栄万ちゃん」

　葵たちは立ち止まって二人と合流した。栄万はポニーテールを揺らして駆け寄ってくると、暗かった顔に少し笑みを浮かべる。

「わたしの名前、覚えててくれたんだ」

「もちろん！　素敵な名前だもん」

漢字には『娘は貧乏で苦労しませんように』という母親の栄子の願いが思い切り込められている気がするし、エマという音も可愛い。

「ありがと」

栄万は照れて肩をすくめる。また少し笑ってくれた。そして次は幸野が言う。

「これから栄万ちゃんと一緒に葵お姉さんのところに行くつもりだったんだよ。みんなはどこかへお出かけしてたの？」

「うん、月傍公園に行ってたんだよ」

「えー、いいなー！」

「今度、幸野ちゃんと栄万ちゃんも一緒に行こうね」

「うん！」

そう約束して、幸野と栄万も一緒に歩き始める。幸野は「かわいいー」と言いながら、葵が抱いている黄助や千速を撫でだしたが、栄万は少し目を伏せて黙っている。

幸野が話しかけたりすると笑って返事をするのだが、その笑顔にもやはり元気がない。何か気になることがあって、思い悩んでいるような様子だ。

「栄万ちゃん、元気がないけどどうしたの？」

葵が指摘すると、栄万は元気がないことに気づかれてびっくりしたようだった。けれどすぐに平気そうな顔を作って、「何でもないよ」と返してくる。

（『何でもない』って言うってことは、やっぱり何かあったみたい。何もなければ、『何が？』とか『元気だよ』って言うはず）

葵は気になったが、みんなの前では栄万も話しづらいかもしれない。

（後で二人きりになったら、もう一度聞いてみよう）

そう考えて、今はこれ以上質問しないでおく。

宵月荘に戻ると、みんなで葵の部屋で過ごした。子狐と子鼬、小学生女子二人に赤ちゃん一人、それに葵と要の七人でいると、六畳二間でも手狭に感じる。と言うか、体が大きい要が一番場所を取っている。

「猛くんは起きちゃったけど、黄助くんと千速くんは寝ちゃいましたね」

黄助と千速はすぴすぴと鼻を鳴らしながら寝ていて、猛は部屋の壁の小さな汚れを真剣な面持ちで見ていた。

葵が黄助と千速を座布団の上に寝かせると、幸野はその寝顔を見ながら「かわいいね！」とはしゃぐ。一方、栄万はそれに「うん」と頷くだけだ。

と、そこで葵のスマートフォンが鳴り、確認すると母からの電話だった。

（あ！　この前、折り返しの電話するの忘れてた）

件の修一が、このままだと警察沙汰になると言っていたのに。

「要さん、ちょっと子供たちを見ていてもらってもいいですか？」

「ああ」

要にそう頼むと、葵は玄関の外に出て、慌てて電話に出た。

「も、もしもし……！」

『あ、もしもし？　葵？　やっと出たわね！　どうして電話に出なかったのよ。忙しかったなら折り返し連絡くれないと心配になるでしょ。お姉ちゃんはいつもちゃんと連絡くれるわよ！　しかもマンションの管理会社に連絡したら、引っ越したっていうじゃない！』

電話に出ていきなり早口で喋り出す母にすでに圧倒されながら、葵は「ごめん」と謝った。

『今、どこに住んでるのよ。後で住所をメールしてちょうだいよ』

「……うん、分かった。前のマンションからそう遠くないアパートだから、わざわざ言わなくていいかなと思って……」

『何言ってるのよ。そんなの駄目よ。全く、お姉ちゃんはマメなのに葵ときたら……。ところで最近、仕事の方はどうなの？』

「あー、それが……」

小言を言われるのが嫌なので「順調だよ」と答えようか迷ったが、嘘を見抜かれそうだったので、結局「連載は打ち切りになった」と本当のことを話すことにした。すると母は電話口の向こうで声を大きくする。

『打ち切り？　お母さん、漫画のことはよく分からないけど、それって仕事がなくなったっていうことでしょう⁉』

「うん……。でもあの、また新作を描くつもりだし、その間はバイトもするから」

『葵、もういい加減ちゃんとした仕事に就きなさい。それで就職活動する間はうちに戻ってきたらいいじゃない。当面の生活費は出してあげるから』

「ありがとう、でも大丈夫だから」

『お姉ちゃんに相談したら？　もしかしたらお姉ちゃんの会社に入れてくれるかもしれないわよ』

「いや、無理だよ。小さい会社ならともかく、お姉ちゃんの会社は大企業だもん。とにかく大丈夫だから」

実家に帰ればまた〝ちゃんとした仕事〟をしている姉と比べられる事になる。毎日姉と比較される生活は耐えられない。

（生活費を出してくれるとか、お金の事では助けようとしてくれて感謝してるけど）

子供のころも姉と同じ可愛い服を買ってもらったし、同じ習い事に通わせてもらっていた。経済的な面で差をつけられたことはない。

けれど、同じものを与えられていたからこそ、その後に比べられるのがつらいのだ。

「あと少しだけ頑張らせて。次の作品で駄目だったら、ちゃんと就職するから」

何とか母を納得させて電話を切る。

「ふぅ……。疲れた」

いつの間にか額に汗をかいていたので、それを拭って部屋に戻る。

「要さん、すみません。ありがとうございます」

「電話だったのか？」

「ええ、母からでした」

力なく笑うと、要は眉間に皺を寄せて葵をじっと見つめてきた。

「な、何ですか？」

「いや、何て言うか……」

要は言葉を選んでいる様子で、数秒後にこう言う。

「顔がおかしいぞ」

残念ながら要には選べるほど語彙力がないらしかった。

「顔がおかしい……？」

突然けなされたのかと思ったが、おそらく母と話したせいで表情がこわばっているのだろうと葵は察した。

要は何かを真剣に考えていると眉間に皺を寄せるらしく、今も険しい顔をしながらしばし黙っている。けれどやがてハッとして、葵に見せつけるように猛を持ち上げた。

「何です？　猛くん……？」

猛を見せてどうしたいのかと葵が思っていると、要は真面目な顔をして言う。

「葵は子供が好きだろ。猛や幸野たちを見ている時、楽しそうな顔してる」

「確かに子供は好きですが……」

要はそれ以上説明してくれなかったので葵は困惑しながら呟いたが、途中でふと気づいた。

（あ、そっか！　私の『顔がおかしい』から猛くんを見せてくれたんだ）

つまり、葵が元気がないように見えたので、猛を見せて元気になってもらおうとした。

（要さんの言動を読み解くには推理力が必要だ……）

けれど元気がないことに気づき、励まそうとしてくれたことは嬉しい。

と、要に持ち上げられた猛がご機嫌で「うー、うー」と言い出したので、葵は母のことは一旦忘れて笑った。

「ありがとうございます、要さん」

お礼を言うと、要もちょっと嬉しそうに唇の端を持ち上げたのだった。

夜の七時になると、葵の部屋に残ったのは栄万だけになった。暗くならないうちに幸野は自宅に帰り、黄助と千速は親が迎えに来て、要も「そろそろ猛を風呂に入れて寝かせる」と言って部屋に戻った。

「要さんって、ちゃんと猛くんのお世話してるんだね。なんか意外」

栄万がそんなことを言うので、葵は笑ってしまった。気持ちは分からなくはない。

「ところで、夕ご飯は栄子さんが帰って来てから食べるって聞いてるけど、それでいいんだよね？　お腹空いてない？」

「大丈夫だよ。お母さんは先に食べてていいのよって言うけど、わたしはお母さんと一緒に食べたいから」

栄万はランドセルから宿題を取り出しながら続ける。

「お母さんは料理が上手なの。安いからもやしとお豆腐をよく買うんだけど、わたし、どっちもそんなに好きじゃないの。でもお母さんは工夫していろんなお料理を作ってくれる。もやしのお好み焼きとかお豆腐のハンバーグとか、すごくおいしいんだよ」

「へぇ、確かに美味しそうだね！」

母親のことを語る栄万は自慢気だ。栄子はいいお母さんなのだろう。

けれど次には、栄万はまた笑顔を消してしまう。勝ち気で明るかった瞳が、今は少し暗い。

　そんな栄万を見ているとこちらまで悲しくなってきた。葵は真面目に話を切り出す。

「宿題を始める前にやっぱり気になるんだけど、栄万ちゃん、今日はどうしてあまり元気がないの？　何か悩んでる？」

　母親の栄子や友達の幸野にすら何も打ち明けていなさそうだから、葵にはなおさら話してくれないかもしれない。だが、こちらが気にかけていることを伝えるだけでも栄万は嬉しいかもしれないと思った。何故なら葵も、先ほど要が気遣ってくれて嬉しかったから。

　栄万は探るように葵をじっと見つめ返す。

「あ……話したくなければ無理に話さなくてもいいんだよ。でも私でよければ話を聞くから」

　葵は栄万の背中を優しく撫でて言った。すると栄万は少し考えて、学校であったことを話してくれた。

「今日ね、奈々美《ななみ》ちゃんにこのズボンがダサいって言われたの」

　栄万は悲しそうな、そしてちょっと怒っているような口調で、自分が穿いているデニムジーンズを指さした。

「奈々美ちゃんって、学校のお友達？」

「そう、同じクラスの子。お父さんとお母さんがお医者さんで、幸野みたいにお金持ちなの」

「でも、このズボン可愛いと思うけど……」

慰めではなく、葵は本当にそう思って言った。というのも栄万が穿いているのは普通のジーンズではなく、片方の膝に、赤色の大きいハートとピンク色の小さいハートの布が貼られているのだ。小学生の女の子が好みそうな、可愛いジーンズだった。

しかし栄万は暗い声で言う。

「これ、ひざの部分が破れてたんだけど、お母さんが布をハートにして縫ってくれたの。それを今日、学校でほかの友達に言ってたら、よこから奈々美ちゃんが『ズボンを縫うなんてダサい』って。あと、『親が貧乏でかわいそう』とか……」

「ダサくなんてないよ。可哀想でもない」

葵は即座に言った。

「だってこのズボン、本当におしゃれで可愛いもの。それにすごく丁寧に縫われてあって、栄子さんの愛情が詰まってるのが分かる」

単に破れた部分に布を当てただけじゃない。ハート形にしたり、大きいハートと小さいハートを組み合わせたり、色を変えたりして、おしゃれにしようという栄子の努力が見える。単に節約のためだけに縫ったのではないと分かるのだ。

「手間をかけてこんなに素敵にズボンを直してもらえて、私、栄万ちゃんが羨ましいと思う。お金をかけて新しいズボンを買ってもらうより羨ましいよ。その奈々美ちゃんも、もしかしたらそう思ったのかもしれないよ。お洋服はたくさん買ってもらえるのかもしれないけど、直してもらったことはないのかも」

「そうなのかな。……そうなのかも」

栄万は少し元気が出たようで、膝のハートに触れながら続ける。

「このズボン、もう学校に穿いていきたくないなと思ったけど、やっぱりまた穿いていくよ。だってこれ、お気に入りだもん。お母さんが直してくれたからお気に入りになったの」

「うん、そうだよね」

葵は頷いた。

お金は大切だ。貧乏はつらい。だけど代わりに愛があれば、貧乏もそれほどつらくないはず。

逆にどれだけお金があっても、愛がなければむなしいだろう。

栄万が貧乏でも卑屈に育っていないのは、栄子からの愛情が心にたっぷり溜まっているからに違いない……と、自分に自信がなく、ちょっと卑屈に育ってしまった葵は思ったのだった。

そうして栄万は、元気を取り戻してこう言った。

「今度また奈々美ちゃんにダサいって言われたら、うらやましいんでしょ！　って言い返す！」

「ケ、ケンカはしないようにね？」


次の日、学校帰りに葵の部屋にやって来た栄万は、すっかり元気になっていた。

「今日ね、奈々美ちゃんが『もうあのダサいズボンは穿いてこないの？』なんて笑うから、『奈々美ちゃんにとってはダサくても、わたしにとってはお気に入りだからまた穿いてくるよ』って言ってやったの。『お母さんが愛情込めて直してくれたやつだから』って。そうしたら奈々美ちゃん、もう何も言ってこなくなったよ」

「それはよかったね」

葵もホッとして言う。

「うん。でも何だかちょっと寂しそうにも見えたから、やっぱりわたしがうらやましかったのかな」

「きっとそうだと思うよ。……ところで」

葵は栄万の右手に注目した。その手に、野草が目一杯詰まったビニール袋を持っていたのだ。

「その葉っぱはどうしたの？」

「あ、これ？　食べられる草！　帰り道でつんできたの。お母さんのお給料日前で生活費がきびしいから。天ぷらにするとおいしいんだよ。たくさん生えててラッキーだった！」

「食べられる草……。たくましい」

葵は小さく呟いた。貧乏を楽しんでいる様子の栄万に、自分はまだまだだなと思う。野草を摘んで食べる勇気をいつか持ちたいものだ。

（いや、その前に普通にお金を稼げばいいんだけど）

自分で自分に突っ込んでいると、鍵をかけていなかった玄関の扉が勝手に開いて、「葵ー」と声をかけながら要が入ってきた。

要は右腕で猛を抱いていて、左手には『Matin』の店名が入った白い袋を持っている。そして甘い匂いを漂わせていた。

「メロンパン買ってきたぞ！」

「メロンパン？　どうして……」

困惑する葵に、要は言う。

「葵、メロンパンが好きなんだろ？　パン屋の店員してる産女にそう言ってたじゃねぇか。それに昨日、母親から電話がかかってきた後で顔がおかしかったからな」

「またその表現……。表情に元気がなかったって言ってください。でもありがとうございます。私を元気づけようと買ってきてくれたんですね」

葵はほほ笑んで言った。要の素直な優しさが嬉しいと思う。

「まぁな」

「あっぷぷ」

要は少し照れて笑い返し、猛は葵を見て何かを言った。よく分からないが『元気出せよ』とでも言われているような気分だ。

「でも、要さんもお金ないのにすみません。私のために余計な出費を」

「何で葵が謝るんだ。俺が勝手に買ってきたのに」

要はそう言ってから続ける。

「それにもうすぐ裏の仕事が入る。英に手伝ってもらうかもって言われてんだ。昨日、また子供が行方不明になっただろ？　ニュース見たか？　あの事件のことでな」

そのニュースは葵も知っていた。昨日、この地域で小学一年生の女の子が下校途中に行方不明になったのだ。以前にも三歳の男の子が行方不明になっているので、世間では連続誘拐事件ではないかと噂されている。

葵は恐る恐る尋ねた。

「その事件に英さんや要さんが関わるということは、妖怪が絡んでいるということなんでしょうか？」

「まだ分からねぇが可能性はある。二件とも、あまりに素早く子供がいなくなってるからな。親や周囲の通行人の視線が逸れた、一瞬の隙に」

「そうなんですか。栄万ちゃんも気をつけてね。なるべく幸野ちゃんや他のお友達と一緒に帰ってくるんだよ」

　幸野は今日は来ていないので、葵は栄万に言った。栄万はランドセルを下ろしながら答える。

「うん。でも大丈夫だよ。昨日行方不明になった子は別の小学校の子だけど、うちの学校も今日から集団下校になったんだ」

　そして栄万は要の持っている袋を見て続けた。

「ねぇ要さん、メロンパン何個あるの？」

「二つ。俺と葵の分」

「えー？　わたしたちの分は？　黄助くんと千速くんもいるのに」

　栄万が不満げに言うと、葵が着ているパーカーの背中側に潜り込んでいた黄助と千速ももぞもぞと外に出てきた。

「どこに入ってんだ、てめぇら」

「ねぇ、わたしたちのメロンパンはー？」

「お前、すっかり元気だな」

要は黄助と千速に突っ込んだ後、メロンパンを要求する栄万を見て言った。要は栄万が落ち込んでいることには気づかなかったらしいが、葵が昨日『栄万ちゃん、元気がないけどどうしたの？』と尋ねたことは覚えていたようだ。

するとと栄万は笑って答える。

「葵お姉さんに相談にのってもらったもん！」

「ふーん。さすが葵」

「いやいや、そんな……」

葵にメロンパンを買ってくるという気遣いをしてくれた要に、「さすが」なんて言われると恐縮してしまう。

けれど要は葵のことを事あるごとに「さすが」と言ってくれるので、それは嬉しかった。言われるたびに自信を与えてくれるし、自分を肯定してもいいんじゃないかという気持ちになる。

「大したことはしてないので」と言う葵に、栄万はこう続ける。

「ううん、葵お姉さんに言ってよかった。心配かけたくなくてお母さんや幸野には相談できなかったから」

親しいからこそ相談できないということもあるのだろう。

「わたしが元気ないって、葵お姉さんが気づいてくれたから信用できたの。ただお仕事で子守りしてるんじゃなくて、わたしのことをちゃんと見ててくれてるんだなって思って。それに葵お姉さんはいつも優しく話しかけてくれるし、安心するもん」

「あ、ありがとう、栄万ちゃん……！」

栄万にまでそんなふうに言ってもらえて、葵はちょっと泣きそうになった。

「そうだよ！　あおいお姉さん、やさしいよ！」

「やさしーよ！」

「だーうっ！」

黄助と千速と猛も順番に言う。

「み、みんな……」

葵が感動したところで、黄助がよだれを垂らしながら続ける。

「だからメロンパン、分けて」

「あ、そういう……」

若干がっかりしたが、優しいと言ってくれたのは嘘ではなさそうだ。それに栄万の言葉も本当だろう。

葵は笑うと、要に許可を取り、メロンパンを五人で分けることにしたのだった。

「二つのメロンパンを五等分……難しい」

宵月荘に越してきて一週間以上が経った。葵は新作漫画のネームを練りながら、妖怪の子守りを続けていた。昼間は子守り、夜と土日は漫画を描くという生活にも慣れつつある。

そして平日のこの日、夜になって預かっていた黄助と千速、栄万を家に帰すと、部屋に残ったのは要と猛だけになった。

「俺もそろそろ部屋に戻る。猛の風呂の時間だ」

しかしそう言って立ち上がろうとしたところで、要は突然窓の方を睨みつける。

「どうかしましたか？」

葵が首を傾げると、要は眉間の皺を消してこちらを見た。

「魑魅魍魎がいた。これくらいの」

要は人差し指と親指を広げて大きさを示す。ネズミくらいのサイズだ。

「ええ!?　魑魅魍魎!?」

「カーテンの隙間からこっちを覗いてた。俺が睨んだら逃げたが」

「前もその窓のところにいたんですよ！　私、狙われてるんでしょうか？」

葵は怖がって言う。

「いや……」

要は少し考えてから口を開いた。

「葵を狙ってるんじゃねぇと思う」

そう前置きしてから説明する。

「前から地味に気になってたんだが、最近よく魑魅魍魎を見るんだよな。あいつら俺の強さを分かってるのか、さっき現れたような小さいやつはめったに俺の前に現れねぇから、前はほとんど姿を見ることはなかったのに」

「――最近よく見るって、いつからだ？」

そこで急に話に入ってきたのは、いつの間にか葵の隣に座っていた英だった。

「……ッびっくりした！　英さんいつの間に部屋に！　というかあの、鍵……？」

施錠してあるはずなのにと思ったら、英は無言でポケットから鍵を取り出し、指に引っ掛けてチャリチャリと回してみせた。マスターキーだろうか？

「マスターキーがあったとしても、全く気配を感じなかったんですが」

「ぬらりひょんは『勝手に家に入ってくる妖怪』だからな」

英は、前に葵が言ったことをそのまま言う。

一方、要は英が入ってきたことに気づいていたのか、驚くことなく話を続ける。

「ここ二ヶ月くらい。部屋の中までは入ってこねぇが、アパートの周りをうろついてるのを見ることがある」

英は少し考えてから言う。

「二ヶ月って、つまり猛が来てからってことじゃねぇか？　前からそうじゃねぇかと予想はしてたんだが、もしかしたら魑魅魍魎は妖怪の子供を狙ってるのかもしれねぇ」

英の言葉に葵も要も目を見開いた。

「妖怪の子供を……？　どうしてですか？」

「妖力を持っているのに、まだ無力だからだ」

英はスーツのポケットからタバコを取り出しながら言ったが、猛もいるのにと葵が嫌な顔をしてタバコを見ると、またポケットに仕舞った。

「魑魅魍魎の好物は負の感情。だが、妖力もやつらの力になるのかもしれねぇ。だから妖怪の子供を取り込もうとしているんだろう」

するとと要は腕に抱いている猛を見下ろした。

「じゃあ猛は妖怪の子供の中でもさらに狙われやすいかもな。こいつは強い鬼の血を引いてるし、成長すれば絶対に強くなる。俺ほどじゃねぇだろうけど」

要が余計な一言をつけ加えたせいか、猛はむっとしたように要を睨んだ。

「猛はその辺の平凡な妖怪よりずっと妖力は強いのに、今は泣いて手足をバタバタ動かすくらいしかできねぇ赤ん坊だ。だから魑魅魍魎にとっては格好の餌食ってわけだ」

要は真面目な顔で言う。この宵月荘には黄助や千速、栄万など、他の妖怪の子供も住んでいるが、彼らよりも猛の方が狙われやすいということらしい。

「要がいなけりゃ、もっとうじゃうじゃ寄って来てたかもな」

英はタバコを吸いたそうにポケットをいじりながら言い、それに対して要は心配そうに返す。

「だが、そうなると葵に猛を預けるのは危ないな」

「そうですね。私じゃ猛くんを守れるか……」

「いや、猛もそうだが、葵の身も危ないだろ」

要は当たり前のように葵の心配もしてくれる。

「なら、これを使えばいい」

そう言って英が取り出したのは、『悪霊退散』と書かれた長方形の白い紙だった。

「お札《ふだ》……ですか？　でも悪霊退散って？」

「これは人間に売りつけるために作ったもんだからな。魑魅魍魎より悪霊のが分かりやすいだろ。だが、効果はちゃんとあるぞ。ほら、見ろ」

英が指さした札の真ん中には、小さな赤い染みがあった。

「これは要の血だ。強い妖怪の血をつけておくと、魑魅魍魎除《よ》けになる」

「そうなんですか？」

「魑魅魍魎が近くに来ることはあるかもしれねぇが、これを持っていれば襲ってくることはないだろう。弱いはずの人間が強い妖怪の返り血を浴びている、つまり強い妖怪を倒したのかと勘違いして、得体の知れない奇妙な存在だと魑魅魍魎が勘違いする」

英はそう説明して葵にお札を渡そうとしたが、

「ちょっと待て」

と、要が止める。

「そんな少量の血じゃ、ちゃんと魑魅魍魎除けになるのか不安だ。俺が新しく作り直す」

「まぁ、別にいいが」

英は肩をすくめて「過保護だな」と続けたのだった。


翌朝、いつものように黄助と千速が葵の家にやって来た。平日なので栄万は小学校が終わったら来る予定だ。

要と猛も葵のもとを訪ねて来たが、普段と違うことが一つだけあった。それは要が仕事に行くらしいということだ。

「え？　お仕事ですか⁉」

「ああ、英に呼び出された」

「わぁ、よかった！」

葵は、要の就職が決まったかのように喜んだ。

「じゃあ猛くんは預かりますね」

「頼む」

要から猛を受け取ると、葵の抱っこが嬉しいのか、猛は足をバタバタさせて興奮気味だ。しかし相変わらず重い。

「それからこれ」

「何です？」

要が渡してきたものを見て、葵は眉をひそめた。それは血まみれのお札だったからだ。

「これ、魑魅魍魎除けの？」

もはや『悪霊退散』とすら書いていないただの長方形の紙だが、血の染みは全面についていて真っ赤だ。葵はまだ湿っているそれを、人差し指と親指でつまんで受け取った。

「今日は俺も仕事に行かなきゃならねぇからな。それをちゃんと持ち歩けよ。俺の血をたっぷりつけといたから」

「それにしたって、つけ過ぎでは……。でもありがとうございます。私のことも心配してくださって」

「当たり前だろ」

要は照れる様子もなく真剣に言うので、葵の方が面映《おもは》ゆくなり、視線を逸らした。

一方、要は血まみれの札をさらに何枚か押し付けてくる。

「俺の血をつけた札はあと四枚用意した。一枚だと不安だからな。ほら、これ」

「いやいや、一枚で大丈夫です！　というか、こんなに血を流して大丈夫なんですか⁉　傷、見せてください」

お札を作るために、要は自分で手を切ったらしい。

「もう塞がりかけてるから大丈夫だ」

「確かにそうみたいですけど……一応絆創膏《ばんそうこう》を貼っておきましょう」

大きい絆創膏がなかったので、葵は要の傷に絆創膏を三枚貼りつけた。すると要は、手当てされてちょっと嬉しそうにしている。

そして嬉しそうな顔のまま、要は絆創膏のついた手を振って仕事に向かったのだった。

「何だか可愛いね」

葵は猛に向かって笑って言った。絆創膏の何が嬉しいのかは分からないが。

そしてその後、葵は黄助と千速、猛の世話をしながら過ごし、午後になると学校から帰ってきた栄万と幸野も連れて、みんなで月傍公園に向かうことにした。

「今日の葵お姉さん、何だか怖い……」

「気味がわるいよ……」

栄万と幸野には開口一番そう言われたが、要の血がついたお札を見せて事情を話すと納得してくれた。

葵が猛を抱っこし、幸野と栄万がそれぞれ黄助と千速を抱っこする。

月傍公園に行く途中、パン屋の『Matin』の前を通ると、商品を補充している女性店員——明日木と店のガラス越しに目が合った。

葵が会釈すると、明日木も会釈を返し、そして彼女は最後にちらりと猛を見ていた。

公園に着くと、栄万たちは遊具があるゾーンで遊んだ。最初、黄助と千速は栄万たちに抱っこされながらシーソーや滑り台を楽しんでいて、葵は猛を抱いたままベンチに座っていた。

しかし猛の重さで葵の腕がしびれてきた頃、栄万たちは猛の抱っこを代わってくれた。

「ありがとう。た、助かる……」

猛を預かっている身として栄万たちに頼るのは気が引けるが、腕が回復するまで抱っこを代わってもらえるのはありがたかった。

「大丈夫だよ。わたしたち、妖怪の中では力が弱いけど、きっと葵お姉さんよりは力持ちだから」

栄万はそう言って、軽々猛を抱っこする。黄助と千速はまとめて幸野が抱いていた。

「じゃあ今度は遊歩道を散歩しようよ」

歩き出す栄万と幸野の後を葵もついて行く。するとしばらくして、幸野の腕の中で黄助と千速がわちゃわちゃと揉め出した。千速が黄助の耳を噛んで、それに黄助がやり返し、段々ケンカになったようだ。

前足でポカポカ、ペシペシと相手を叩き出したかと思ったら、

「こっちまで来てみろ！　きょうそうだ！」

「ぼくのがはやいもん！」

黄助が幸野の腕から抜け出し、地面に降り、それを追って千速も風に変わった。

「それ、はんそく！　風じゃなくて、ふつうに走って！」

風になった千速を追いかけて、黄助が走っていく。

「ちょっと二人とも！」

葵は栄万と幸野にここで待っているように言い、黄助たちを捕まえに行く。そして二人をおやつで釣って手早く回収し、元の場所まで戻ろうとした。

——しかし、その時。

「やめてよ！」

遊歩道の向こうから栄万の悲鳴が聞こえてきた。それに猛の泣き声も。遊歩道の脇に植えられている木々が邪魔で、栄万たちの様子は見えない。

「栄万ちゃん⁉　どうしたの⁉」

葵は黄助と千速を抱いて、急いで来た道を戻る。

十秒とかからず葵が戻った時には、栄万は猛をぎゅっと抱いて、茫然と遊歩道の先を見ていた。幸野も同じ方向を見ている。

「大丈夫？　何があったの？」

泣いている猛を受け取りつつ、葵は栄万に声をかけた。

「わかんない。後ろから来た女の人が、いきなり猛くんに手を伸ばしてきて……」

「連れ去ろうとしたみたいに見えたよ」

栄万の説明に、幸野が補足をする。

「えぇ⁉　連れ去り……」

葵は、最近子供が行方不明になった事件を思い出した。近辺で立て続けに二件起きていて、連続誘拐ではないかと言われているのだ。

もしかしてその犯人なのだろうか？　気を付けなければと思っていたけれど、まさかこの公園でもそんなことが起きるとは思わなかった。

（でも、そうやって『まさか』って油断していたのが悪い）

もっと警戒するべきだったと葵は反省した。栄万たちにも怖い思いをさせてしまって申し訳ない。しばらく公園には来ない方がいいだろうし、外では子供たちから目を離さないようにしなければと思った。

と、あやしている内に泣き止んだ猛を見て、葵は気づく。

「猛くんのここ、赤くなってる。何かされた？」

猛のおでこに、小さな赤いあざができていたのだ。

指の腹でぎゅっと押したような形だが、それくらいであざになるだろうか？

「女の人が猛くんを掴もうとして触ったかも」

「そうなの……。栄万ちゃんも幸野ちゃんも怪我はない？」

「わたしは大丈夫」

「わたしも」

栄万たちの答えに胸を撫で下ろすが、猛には申し訳ない気持ちになる。葵は他の人間が周囲にいないことを確認すると、猛をおくるみから出して他に怪我をしていないかチェックした。

「おでこ以外にはあざも怪我もなさそうかな。帰ったら服も脱がして確認しないと」

「あでぷっ！」

猛はすっかり泣き止んで、元気だと言うように声を上げる。

葵はそんな猛の頭を撫でると、もう一度おくるみに包みながら栄万たちに尋ねる。

「その女の人って、どんな人だった？」

情報を後で警察に伝えた方がいいかと思ったのだ。

「うーん、髪が長くて後ろで一つにしばってた。顔はわからない。マスクしてぼうし被《かぶ》ってたし。……でも、人間じゃなかった」

栄万の言葉に、葵は一瞬疑問を浮かべる。

けれど次の言葉で、そういうことかと納得するとともに驚いた。

「妖怪だったよ」

「妖怪……」

「その女の人を見た時、頭に正体が浮かんだの。漢字は難しくて読めなかったけど、ウブメって音が浮かんだ」

「うん、わたしも」

栄万が言うと、幸野も頷く。

「産女って……」

葵は顔をこわばらせた。頭に浮かんだのは、パン屋の店員である明日木の顔だ。

「それってさっきのパン屋さんにいた店員さんだった？」

「パン屋さんの？　わからない。見てなかった」

「そっか……」

とにかく宵月荘に戻ろうと、葵は周囲を警戒しながら公園を出た。帰りにパン屋の前を通ったが、外から明日木の姿は確認できなかった。レジに立っていたのは別の店員だったのだ。奥にいるのか、もしくはもう勤務を終えて店にはいないのかもしれない。

明日木がまた猛を狙ってやって来やしないかと、葵は猛をしっかり抱いた。そして栄万と幸野、黄助と千速からも目を離さないようにしながら、子供たちのボディーガードのごとく目を鋭くして宵月荘まで帰ったのだった。


要が仕事から帰ってくると、葵は公園での出来事を話した。そして猛にあざができてしまったことも謝る。

「ごめんなさい。私がそばを離れたせいで、猛くんに怪我をさせてしまいました」

「怪我をさせたのは、その誘拐犯だろ」

「誘拐？」

要は葵から猛を受け取ると、ひょいと片手で抱っこした。猛は葵に抱っこされている時はご機嫌で嬉しそうだったが、要の抱っこも落ち着くらしく、身を任せきっている。

「それにこんな小せぇあざ、すぐに消える。鬼にとっては何でもない。気にするな」

要はそう言ってくれた。猛もあざを痛がる様子はなく、いつも通り元気だ。

「それより葵は大丈夫なのか？　そいつが何かしてこなかっただろうな」

「いいえ、私は全然平気です。誘拐犯は私が駆け寄ってきたことに気づいて逃げたので。もしかしたら、このお札が誘拐犯にも効いたのかもしれませんね」

葵は血まみれのお札をポケットから取り出して言った。

そしてその後、葵は栄万や黄助、千速を迎えに来た親たちにも事情を説明して謝った。みんな「連続誘拐犯が月傍公園にも！」と我が子のことを心配して警戒を強めていたが、葵のことは怒らないでくれた。

「うちの子やんちゃだから～。葵ちゃん一人に面倒見させて逆に申し訳ないわ～」

黄助の母親はそんなふうに言ってくれた。

ちなみに幸野のことは家まで送り届け――要がついて来てくれたので一緒に行った――、そこで立派な豪邸を目にして座敷童のすごさを目の当たりにしてから戻ってきたのだった。

その夜、葵は部屋で一人になると、漫画のネームは脇に置いたまま、まずはパソコンを開いた。

検索するために打ち込んだ文字は『産女』だ。

「難産のために亡くなってしまった女性の妖怪……」

パソコンに表示された画面を見ながら眉根を寄せる。明日木は、子供を失った悲しみを他人の子を攫うことで紛らわしているのだろうか？

けれど、優しそうな彼女がそんなことをするだろうか、とも思う。

（いつも丁寧に接客してくれて、穏やかに挨拶してくれる彼女が……）

とても誘拐犯には見えない。でも確かに子供には反応していた。それも、特に赤ん坊の猛を気にしているようだった。

（うーん、分からない）

今日のことは警察にも話したし、要にも話した。警察には妖怪云々の情報は伏せたが、要には犯人は産女だということも言ってある。

そして要はそれを英にも伝えると言っていたので、人間も妖怪たちも調査を続けてくれるだろう。

それで無事に犯人が捕まることを願うしか、葵にできることはなかった。

# 自信家の妖狐

公園で猛が誘拐されそうになった翌日、要から連絡を受けた英は宵月荘までやって来た。そこで葵から改めて話を聞いた後、パン屋の産女も含めて調査をすると言った。

「だが人手が足りねぇな。ガサツな要にできる仕事は限られてるし」

英はさらっと要をけなしながら、二〇四号室に向かった。そしてマスターキーで勝手に部屋の扉を開ける。

葵は部屋の主のことを憐れに思いながらも、ずかずかと部屋に入っていく英と、それに続く要を止められなかった。

「おい、明楽」

「ぉうわッ！　びっくりしたぁ！」

二〇四号室の住人であるろくろ首の明楽は、テレビを見てダラダラしていたところに背後から声をかけられ、文字通り飛び上がって驚いた。

「英さん！　勝手に入って来ないでくださいよ！　いつもいつの間にか部屋にいるんですから！　ってか要と猛もいるし！　みんなちゃんとチャイム使って！」

「し、失礼しまーす」

明楽が訴えている最中に、葵も開けっ放しの玄関から中に入らせてもらった。部屋の中はあちこちに服が脱ぎ散らかしてあったり、カップラーメンの容器がそのまま置いてあったりして、あまり整理されてはいなかった。

「あ、葵ちゃーん！　相変わらず可愛いね！」

明楽は葵のことは快く迎え入れる。

「眼鏡女子っていいよね。俺、派手な女の子とばっか遊んでるけど、本当は葵ちゃんみたいな控えめで大人しい感じの子がタイプ――痛ッ！　何で蹴るんだよ、要！」

「何か腹立ったから」

明楽が要とそんなやり取りをしていると、英は唐突に言う。

「明楽、お前暇だよな」

「え？　いや、暇じゃないっすよ。何ですか、その決めつけ」

「最近起きてる子供の誘拐事件知ってるか？　あれの調査に協力しろ。どうも犯人が妖怪らしくてな」

「ちょっ、勝手に話進めないでくださいよ。俺、バイトと遊びで忙しいんすから、そんなことやってらんないっす」

「あ？」

言うことを聞かない明楽に、英が〝強要〟という手を使おうとした時だった。

「明楽さん、英さんに協力しておいた方がいいですよ」

玄関扉を少しだけ開けて、二〇三号室の修一がひょっこりと顔を覗かせた。

「修一まで何だよ、突然」

明楽は文句を言いながらも、件《くだん》である修一の言葉は気になるようだった。

「協力した方がいいってどういうことだよ」

すると修一はにっこりと笑って答える。

「きっといいことありますから」

そしてそれだけ言って、「授業があるので」と大学に行ってしまった。

「意味深なやつ……。でも修一が言うことは絶対だもんな」

修一の予知を信頼しているらしく、明楽は結局、英に協力することにしたのだった。

英がさっそく明楽と要を連れて調査に出た後、葵は猛を預かって部屋で待機していた。もうすぐ黄助と千速もやって来るからだ。

するとほどなくして、まずは黄助が母親に連れられてやって来た。葵は猛を抱いて玄関に向かう。

「今日もお願いしま～す」

黄色い髪の母親は、今日も明るく軽い調子で挨拶してくれる。

「実は私、仕事が決まったの～。それで今日はね、仕事に必要な靴や服を買いに行くから、その間だけ黄助のことを預かってほしくて。お昼までには戻って来られると思うから～」

「そうなんですね。分かりました。お仕事決まってよかったですね」

「ところで葵ちゃん……」

母親はそこで顔を引きつらせる。

「どうして葵ちゃんから要さんの血の匂いがするの？　まさかあの強い要さんを殺――」

「殺してないです！」

葵は急いで否定して、魑魅魍魎除けのお札の説明をした。

「そういうことなのね～。びっくりしちゃった。でもそうよね～。要さんのことを殺すなんて、天嶺《てんれい》様くらい強い妖怪じゃないと無理だもの」

「天嶺様？」

「ああ、ごめん～。天嶺様っていうのは化け狐なの。でも私たちみたいにしっぽが一本の普通の化け狐じゃない。伝説の妖狐、玉藻前《たまものまえ》をご先祖に持つ九尾《きゅうび》の狐なのよ。つまりとっても強いの～」

黄助の母親は誇らしげに言う。

「そうなんですね～。その天嶺様ってこの辺りに住んでいらっしゃるんですか～？」

葵は語尾をご機嫌に伸ばしながら言う。黄助の親と話しているとつい喋り方が伝染ってしまう。

「ちょっと郊外に行くけど、すごく遠くはないわね～。知り合いの化け狐が天嶺様のお屋敷で働いているんだけど、時々会ってるもの。ついこの前も会ったところよ～」

「そうなんですね～」

「じゃあそろそろ行くわね～。黄助のことお願いします～」

「はい～」

子狐の黄助が部屋に入ると、葵は玄関の扉を閉めた。そして口調が戻らないままこう言ったのだった。

「もうすぐ千速くんも来るからね～。今日は何して遊びたい～？」

猛、黄助、千速の男の子三人を預かった葵は、その日の午前中、宵月荘のこぢんまりした庭で子供たちを遊ばせた。誘拐犯が怖いので、公園には行けない。

猛は葵が抱っこしていたので、子狐と子鼬の毛玉二匹がわちゃわちゃと駆け回っている。

（平和で可愛い光景……）

葵はほのぼのしながらそれを見ていた。黄助と千速は相手に飛びかかったり飛びかかられたりしながら、ごろごろと転がり回って遊んでいる。腕に抱いている猛の温もりも相まって、とても癒やされる。

と、葵がニヤけていると、宵月荘の前の道に黒塗りの高級車が停まった。

「何だろ、あの車」

この古い木造アパートとのコントラストがすごい。道も細いから、あんな豪華な車だと一台通るのでギリギリだ。

「あれ？」

しかし後部座席のドアが開いたかと思うと、そこから降りてきたのは黄助の母親だった。

「もう買い物終わったのかな？　でも随分早いし、どうしてあんな車に乗ってるんだろう？」

まさか彼女の車ではないはず。

「黄助くーん、お母さん帰って来たよ」

葵は黄助に声をかけたが、プロレスごっこの真っ最中だったので聞いていない。千速に乗っかられているので、ここから形勢逆転するのに必死なのだ。

仕方がないので葵が出迎えることにした。門まで行くと、黄助の母親は無言で葵に向かって手招きしてくる。

「私ですか？」

用が終わって帰ってきたんじゃないのかと思いながら、葵は猛を抱っこしたまま黒塗りの車のそばまで行く。

「乗ってください」

「え？」

「ちょっと話したいことがあるので」

黄助の母親は、そう言って車の後部座席に葵を乗せようとした。運転席には黄助の父親が座っている。

「でも、子供たちを見てないと」

「大丈夫。車は出しませんから」

ここに停めたまま話をするということだろう。宵月荘の敷地内なら子供たちは安全だろうし、車の窓から様子はうかがえる。

黄助には聞かれたくない話があるのかと、葵は母親に促されるまま車に乗った。

しかし葵の後から黄助の母親も隣に乗り込んできて、ドアが閉まると同時に車が発進する。

「ちょっと！　あの……！」

葵は困惑して言う。

「止まってください。子供たちを見てないと」

葵が訴えても、黄助の父親はブレーキを踏んでくれない。隣に座っている母親も、ただ葵を見返してくるだけだ。

何かおかしい、と葵は思った。そう言えば母親の口調もいつもと違う気がする。

「車は止めません」

「え？　あなた……」

葵は驚いて目を見開く。どこからかポンと軽い音が鳴って黄助の母親が白い煙に包まれたかと思うと、目の前にいたのは全くの別人だった。

葵の知らない、三十代半ばくらいの女性だ。ショートカットの髪は明るい茶色で、顔つきは黄助の母親と同じく人懐っこく、目は常に笑っているかのように細かった。そして着ているものは地味な着物で、旅館の仲居さんのような前掛けをしている。

「だ、誰ですか？」

葵は動揺しながら言う。ふと運転席を見れば、そこに座っていたはずの黄助の父親も、全く別の男性になっていた。

「ばーッ！」

葵の腕の中で、猛が何やら不満そうに文句を言っている。

「あなた、葵さんでしょう？」

「そうですけど……」

「妖怪の子守りをされているとか」

「そうですけど……」

女性の質問に葵は戸惑いつつ答える。他人に変化していたこと、黄助の両親を知っているであろうことを考えると、彼女も運転席の男性も化け狐なのだろう。

すると女性は一層目を細めて笑みを深めた。

「あなたを連れてくるようにと、我らが主から言われているのです。ですから、これから主の屋敷に案内します」

「こ、困ります。それに主って何ですか？　誰のことです？」

「玉尾《たまお》天嶺様です」

葵はすぐに、その人物は今朝黄助の母親が言っていた九尾の狐のことだと気づいた。

「私たちは天嶺様にお仕えしている化け狐なのです。あなたのことは、あのアパートに住んでいる知り合いの化け狐から聞きました」

「黄助くんのお母さんのことですね？」

葵が尋ねると、女性は笑みを浮かべたまま言う。

「恨まないでやってくださいね。彼女は単なる近況報告のつもりだったのです。あなたに子供を預かってもらっていると話し、私が勝手にそれを天嶺様に伝えた。そうしたら天嶺様は、あなたに興味を持たれたのです」

「ぎーッ！」

猛がまた文句を言う。何だか機嫌が悪い。

「困ります。アパートに帰してもらわないと」

車の中から後ろを振り返るが、宵月荘はとっくに見えなくなっている。残してきた黄助たちが心配だ。黄助の母親がしばらくすれば帰って来てくれるはずだが、それまでケンカをしたり、宵月荘の敷地内から飛び出したりしないだろうか？　それに誘拐犯がまだこの近辺をうろついているはずなので、それも気になる。

「お願いします。子供たちが心配なんです」

「天嶺様のご命令ですので」

女性の態度は丁寧だったが、葵の望みは聞き入れてもらえそうにない。きっとその天嶺様を説得しなければ宵月荘に帰してはくれないのだろう。

そうしている間にも車はどんどん郊外に向かい、住宅の中にちらほらと田んぼが交じるようになってきた。春と夏の間の今の時期、稲はぐんぐん伸びている最中で、あちらこちらで緑が揺れている。

そして家より田んぼの方が多くなったところで、みずみずしい緑の稲が広がる中に、突然大きなお屋敷が現れた。瓦の載った塀に囲まれているが、その奥には古めかしく風情のある豪邸が見える。

この場所だけ平安時代のような、屋敷の中には貴族がいそうな雰囲気だ。

車はその屋敷に向かうと、門を越えて玄関の前で停まった。

「どうぞ」

化け狐の女性から降りるよう促される。屋敷に入るのは怖い気もしたが、このまま車の中にいるわけにもいかないので、仕方なく猛をしっかり抱いて降りる。

「あぃ」

猛はそう言って励ますように葵を見た。

「ありがとう、猛くん」

天嶺の目的が何であれ、猛だけは守らなければと思う。猛の額にはまだ誘拐犯につけられた小さなあざが残っていて、それを見るたび、こんな赤ちゃんに怪我をさせてしまったと申し訳ない気持ちになるのだ。

「さぁ、こちらへ」

女性は広い玄関に葵を招き入れた。外は晴れて暑いくらいだが、中は涼しい。

葵は緊張と警戒のために冷や汗をかきながら、女性の後に続いて廊下を進む。

「彼女たちも化け狐なんですか？」

擦れ違う着物姿の使用人たちを見て、葵が尋ねる。

「ええ、そうですよ。この屋敷にいるのは全員化け狐です。たまに人間の訪問者もやって来ますし、手がある方が仕事をしやすいので、みんな人間の姿でいますけれどね」

屋敷の中は意外と賑やかで、あちらこちらで使用人の化け狐の姿を見かける。男性もいれば女性もいて、若者も年寄りもいた。

(思ったより明るい雰囲気)

みんなお喋り好きなのだろうか、掃除などの仕事をしながら口も動かし、そこかしこで笑い声も聞こえてくる。

使用人たちは葵を見て「人間だ」とひそめき合うが、その視線は嫌なものではなかった。好奇心旺盛にこちらを見ている感じがする。

「ぎゃっ！　鬼っ！」

しかし猛を見ると、若い使用人などはそう叫んで距離を取ったりした。猛が強い鬼の血を引いていると分かるのか、畏怖している様子だ。きっと要を見ても同じような反応を示すのだろう。

「本当に立派なお屋敷ですね」

廊下は歩いても歩いてもまだ続いているので、葵は思わず言った。女性はこちらを振り返って笑う。

「玉藻前の一族は、人間を虜にして貢がせる天才なのです。ですから代々お金持ちなのですよ。今のご当主である天嶺様も占い師として人間相手に仕事をされていて、特に女性に人気があるのです。……まぁ占いはさっぱり当たらないのですけれど」

女性は最後にこそっと付け加えた。

「ではここでお待ちください。天嶺様を呼んでまいります」

座布団がぽつんと置かれた広い座敷に通されると、女性はどこかへ行ってしまう。

一体自分は何のためにここに連れて来られたのかと思いつつ、葵はきょろきょろと部屋を見回しながら立っていた。座布団に座って落ち着く気にはなれない。

「ぎー」

猛は不機嫌に天井を睨みつけている。

(要さん……)

葵は、きっと天嶺と同じくらい強いであろう鬼の隣人の姿を思い浮かべた。

(要さんがここにいてくれたら心強かったんだけど)

葵と猛が連れ去られたことに気づいたらきっと助けに来てくれると思うが、果たして気づくのはいつになるのだろう。

と、葵がそんなことを考えていると、足音が一つこちらに近づいてきた。そして廊下と座敷を隔てる障子がスパン！　と勢いよく開いたかと思うと、そこには金髪の美青年が立っていた。

「貴様が例の人間か」

美青年は軽く顎を持ち上げて偉そうに言う。彼の金色の髪は肩甲骨に届くほどの長さで、高飛車な雰囲気は感じるものの、格好いいというより美しいという言葉が似合う美形だった。背は要より少し低いくらいで、翡翠を溶かしたような色の上等な着物を身にまとっている。

「答えろ。お前は妖怪の子守りをしているな？」

「してますけど、それが何か……」

葵は天嶺を睨み返しながらも、心臓は緊張でバクバクと音を立てていた。

すると天嶺はふと葵から猛に視線を移し、嫌そうに顔を歪める。

「鬼の子か。だが、その辺の平凡な鬼ではないな。強い妖気を感じる……」

「ブーッ！」

と、天嶺と目が合った猛は唇を震わせて唾を飛ばした。

「な、この……！」

「わぁ、すごい猛くん！　もうブーッてできるんだね」

着物の袖で顔を拭う天嶺と、猛を称賛する葵。

「私の姪っ子は離乳食食べ始めた頃にそれをし出したよ。野菜とか、気に入らないものは口に入れても飛ばされて大変だったなぁ」

葵は化け狐の屋敷にいることも忘れ、一瞬思い出に浸る。

一方、天嶺は射殺さんばかりに猛を睨んでこう言う。

「だから鬼の一族は嫌いなのだ。上品さの欠片《かけら》もない、ガサツな乱暴者ばかり。少しは私を見習って雅さを身に着けたらどうだ」

「ブーッ！」

「や、やめろっ！」

天嶺は胸を張って言ったものの、再び猛に唾を飛ばされて三歩ほど後ろに下がった。そして着物の袖で顔をガードしながら葵に言う。

「おい、貴様。その赤ん坊の口を塞ぎながら私について来い」

葵は猛の口は塞がなかったが、天嶺について行った。彼の目的が分からなければ、説得して宵月荘に帰してもらうこともできないからだ。

「ちょっと待ってください」

天嶺は歩くのが早い。いや、単純に葵と歩幅が違うのか。

けれど葵に歩調を合わせるとか、待っていてくれるという優しさはなかった。というか、他人に合わせるなんて考えがそもそもなさそうに見える。

「何故私が貴様の望みを聞かねばならない」

天嶺はフンと鼻を鳴らしそうな感じで言うと、再び歩き出す。

（天嶺さんはさっき鬼はガサツだって言ったけど、要さんは私に合わせてゆっくり歩いてくれてたんだな）

要と並んで歩いている時には、自分のペースで歩けていたのだ。要がこちらに合わせてくれていたのだと改めて気づく。

抱っこしている猛も重いので、はぁはぁと息を切らせながら廊下を進むと、障子が開け放たれたままの、とある部屋の横を通過することになった。

その部屋は畳の上に赤い絨毯《じゅうたん》が敷いてあり、祭壇のようなものが設置されていた。

そして祭壇の奥に飾られているのは、中年だが美形の夫婦の遺影らしき写真だ。

ここで葬儀でもするのかと一瞬思ったが、それにしては絨毯も祭壇も派手だし、飾ってある写真は少々ふざけている。夫らしき男性はこれでもかとキメ顔をして唇の端を上げているし、妻と思われる女性は何かを口に咥えて――油揚げだろうか？――ウインクしている。

「あの、あの人たちは……」

気になり過ぎたので、葵は天嶺に尋ねた。天嶺は足を止めて答える。

「私の両親だ。二人とも二十年近く前に亡くなっている。私がまだ幼い頃に」

「そうなんですか……」

「油揚げの食べ過ぎでな」

「油揚げの食べ過ぎで……」

冗談を言っている口調ではなかったので、葵も真剣に頷いておいた。

「でも、そんなに早くご両親を亡くされたのなら、天嶺さんも寂しかったでしょうね」

自分を連れ去ってくるよう指示した妖怪に同情している場合ではないのだが、葵は思わずそう言っていた。幼い子供にとっては親こそが全てで、世界の中心だからだ。

しかし天嶺はあっけらかんと言う。

「寂しい？　親に対してそんな感情は抱いたことがない。私は乳母や世話係たちに育てられ、両親とは食事の時に顔を合わせるくらいだったからな」

「それはそれで寂しかったのでは？」

「そんなことはない」

天嶺は本当にそう思っているようで強がっている様子はない。葵はそれを不思議に思ったが、天嶺が「早く来い」と先に進んだので、小走りで後に続いた。

「どうして私をここに呼んだのか、教えてくれませんか！」

いい加減目的が知りたくて言った。

「貴様に興味があった」

天嶺はしばらく返事をせずに廊下を歩き続けたが、突然立ち止まって言った。

「興味？」

葵も立ち止まり、天嶺の前に立つ。

すると天嶺は口角を上げて妖しい笑みを浮かべた。

「貴様は今日からこの屋敷で暮らすことになる。私の所有物になったことを自覚し、もう外には出られないと思っておけ」

「所有物って」

「そして――」

天嶺はこちらに手を伸ばすと、葵の背に触れてきた。顔が近くなり、葵は思わず下がろうとするが、天嶺がそれをさせてくれない。

「――ここがこれから貴様が過ごす部屋だ」

天嶺はすぐそばの障子を開けると、葵の背を押して強引に部屋の中に入れた。

「ちょっと……！」

部屋の中で何をされるのか、それとも閉じ込められるのか、葵は色々と想像して恐怖を感じた。

しかし――

「え……？」

押し込まれた部屋の中の光景を見て、葵は固まる。そこには予想外に〝可愛い〟景色が広がっていたからだ。

「こ、子狐？」

広い板の間には、たくさんの子狐たちがいたのだ。よちよち歩きの赤ちゃんから黄助より一回り大きいくらいの子まで、およそ二十匹の子狐たちが遊んでいる。

そして葵や天嶺が部屋に入ってきたことに気づくと、こちらにわらわらと集まってきた。

「てんれーさまだ！」

「人間もいる！」

「そのひと、だれ？」

口々に喋りかけてきて、まだ言葉を話せない子もきゅんきゅん鳴いている。

「か、可愛い……」

葵は自分の足元に集合してきた毛玉たちに心を奪われた。一方、猛は全く興味なさそうに子狐たちを見下ろしている。

「貴様にはこの者たちの世話をしてもらう」

「まさか、この子たちみんな天嶺さんの子供ですか？」

「そんなわけないだろう。私にまだ妻はいない。この者たちは、屋敷で働く化け狐の子供たちだ」

　腕を組んで言う天嶺の足元にも子狐たちが集まっている。着物の裾を噛まれて、あっちこっちから引っ張られているがいいのだろうか？

「私への興味って、子供たちの世話係としての興味ですね？」

　葵が確認すると、天嶺は子狐に足首を甘噛みされながら答える。

「人間が妖怪の子守りをしていると聞いて興味を持った。最初は人間なんぞに妖怪の世話ができるのかと思ったが、人間だからこそ細やかな気遣いができるのかもしれないと思い至った。うちの使用人たちは陽気だが、子供たちと一緒に昼寝をしてしまったり、腹が減っていたからと子供たちの分の食事をつい自分たちで食べてしまったり、よくミスをするのでな」

「何だか楽しそうですね」

　葵が笑って言ったところで、天嶺はこちらに向き直った。

「ところで貴様」

「藤崎です」

「ところで藤崎」

　意外と素直に言い直すと、天嶺は葵にすっと顔を寄せてきた。首の辺りに鼻先を近づけ、匂いを嗅いでいるようだ。

「な、なんですか……⁉」

異性に対して免疫のない葵は、ただ体を硬直させることしかできない。首の右側を嗅いだかと思えば今度は左側を嗅ぎ、次に頭を嗅いだ後、みぞおちの辺りを嗅ごうとしたところで、猛が威嚇するように叫ぶ。

「だーッ！」

天嶺は猛を見ながら眉をひそめて顔を離す。しかし葵がホッと息をついた隙に、葵のシャツの胸ポケットに手を伸ばし、そこからハンカチを取り出した。

「あ、それは……！」

「臭かったのはこれか」

天嶺はハンカチを広げる。そこには要の血に塗れた魑魅魍魎除けのお札が入っていた。血はもう乾いているが、葵は一応ハンカチに包んでいたのだ。

「随分趣味の悪いものを持っているな。これは妖怪の血液だろう？　しかも何か……私にとって不快な匂いだ」

そう言った途端、天嶺の手に載っていたハンカチとお札が小さな青い炎に包まれ、一瞬で灰になってしまった。

「ああ！　私のハンカチっ！　……あとお札！」

ハンカチの方にまず気を取られてしまったので、慌てて付け加える。そして天嶺に説明した。

「あれは魑魅魍魎除けのお札なんです。妖怪の子供は妖力を持っているけど弱いから、魑魅魍魎に狙われやすいらしくて」

「……ふむ、なるほど。確かにこの屋敷でもたまに魑魅魍魎を見かける。私や大人の化け狐たちが退治していたが、奴らは子供たちを狙っていたのか」

天嶺は顎に手を当ててそう言った後、葵を見て続ける。

「それで、あの札についていた血は誰のものだ？　私ほどではないが、強い妖怪のもののようだったが」

「猛くんのお父さんのものですよ」

「うぅ！」

葵が答えると、何故か猛が口を尖らせた。何を訴えたいのかは分からない。

そして葵はこう続ける。

「私、猛くんのお世話もしないといけませんし、ここにはいられません。アパートでも子供たちが待っているんです」

懇願するが、天嶺は「駄目だ」と拒否する。しばらく押し問答を繰り返したが、葵を帰してくれそうになかった。

葵はため息をつき、話し合うことは諦める。

（ここで働く振りをして、隙を見て猛くんと逃げよう）

車の中で目隠しはされていなかったし、注意して道路の案内標識を見ていたので現在地は何となく分かっている。宵月荘までは歩いて帰れる距離ではないが、電車や車なら一時間弱で着くはずだ。

（でも財布もスマートフォンも持ってきてないんだよね）

ポケットには部屋の鍵が入っているだけ。

けれど屋敷の周囲は田んぼだらけだが、離れたところにいくつか民家もあった。そこで電話を借りてタクシーを呼んでもらい、宵月荘に着いてからお金を払ってもいい。果たしていくらかかるのか不安ではあるが。

頭の中でそんな算段をつけつつ、天嶺にはこう言う。

「分かりました。子狐ちゃんたちの子守りをします。でも猛くんのお世話もしないといけないので、ミルクと哺乳瓶、オムツを買ってきてもらえませんか？　急に連れ去られたせいで何も持ってきていないので」

最後は皮肉を言ったつもりだったが、天嶺は気づいてくれなかった。

「手配しよう」

天嶺は不遜な態度で言い、使用人を呼んでミルクを買ってくるよう命令する。するとその使用人は目を丸くして自分の主を称賛した。

「まぁ、天嶺様！　鬼の子にミルクを用意してあげるのですか？　何てお優しい！」

「私は心が広いからな」

天嶺はまんざらでもなさそうだ。使用人は「ええ、ええ」と頷いている。大げさな態度だが、本気でそう思っているらしい。

天嶺は自分に自信があるのか謙虚さがなく、まるで貴族のようだが、使用人には慕われているのかもしれない。

誘拐とはいえ、仕えている化け狐たちのために葵を連れて来るあたり、優しいとも言えるだろう。

（子狐たちに着物の裾をボロボロにされても怒らないし……）

天嶺の着物は子狐たちに噛まれて引っ張られ、牙の形に穴が空いていた。

「これはもう着られないな。捨てよう」

（いや、単に金銭感覚がおかしいだけかな）

高級そうな着物を簡単に捨てようとする天嶺を見て思う。羨ましい。

そして気を取り直すと、葵は子狐たちを見回して言う。

「じゃあさっそくこの子たちの子守りをしますね」

ここにいるのは不本意だが、化け狐の子供たちの面倒を見ることについては単純にわくわくした。

「いくつか用意していただきたいものがあるのですが……」

葵は天嶺に耳打ちした。そしてしばらくして使用人が持ってきてくれたものを受け取ると、まずはその中にあったバスタオルを二枚重ねて床に敷き、猛を寝かせる。

「この子、なに⁉」

「あかちゃん、だぁれ？」

子狐たちは一斉に猛を囲み、ふんふんと匂いを嗅ぎ出す。猛は最初、「いーっ！」と言って威嚇していたが、子狐たちがめげないと分かると諦め、黙って天井を見ることに徹していた。

「ごめん猛くん、端っこでちょっと待っててね」

猛を安全な部屋の隅に移動させると、葵は使用人に持ってきてもらったものの中から、今度はメモ帳とペンを持った。

「そんなもの何に使う？　子供らは字など書けないぞ」

「これは私が使うんです」

腕を組んで葵を見張っている天嶺に答えると、葵は子狐たち一人一人に声をかけ、名前を聞いていった。

「あなたのお名前は？」

「〝なな〟だよ！　おねえさんは？」

「私は葵っていうの。よろしくね」

聞いた名前をメモし、毛皮の色が他の子よりも黄みがかっているとか、胸毛が他の子よりもふもふだとか、子狐を見分けるための情報も書く。

「そんなもののメモしてどうする」

「名前を覚えたいんです」

ここに長居する気はないが、子守りするからには適当に終わらせるつもりはなかった。

「名前を覚えてもらえるのって嬉しいですから」

「そうか？」

天嶺は首をひねって言う。目立つ存在なので、きっと名前を覚えてもらえなかったという経験はないのだろう。

「私は学校に行っている時、先生に名前を覚えてもらえなくて寂しい思いをしたことがあるので。見ての通り地味ですから、きっと記憶に残りにくいんだろうと思います」

担任はさすがに覚えてくれるが、それでも他の子より時間がかかっていたように思う。「えーっと……」といちいち名簿を確認されるのはちょっぴり悲しいのだ。

「地味、か。そんなことは気にするな。私以外の妖怪や人間はたいてい地味だ」

「ありがとうございます……」

おかしな方向から慰められたが、天嶺と比べると確かにみんな等しく平凡かもしれない。

そして子狐たちの名前をメモし終え、一通り覚えると、葵はフェイスタオルを二枚持った。これも先ほど使用人に持ってきてもらったものだ。

まずはそのうち一枚を使ってボールを作る。結び目を作って、そこにタオルの端を入れ込んでいくのだ。不格好だが、この屋敷にはボールはないらしいので仕方がない。

「みんなー！　まずはこれで遊ぼう！」

葵がタオルのボールを掲げると、子狐たちは「なになに？」と集まってきた。そしてボールを投げるとみんな一斉に追いかけ出す。

「ボール持ってきてー！」

わふわふと息を切らせながら、一人の子狐がボールを咥えて持ってくる。他の子たちもその子にくっついてこちらに駆けてきた。

葵はボールを受け取ると、今度はさっきよりも遠くへ放った。この部屋は広いので、ボール遊びをするには十分だ。

みんな楽しそうにボールを追いかけているが、何度か続けていると、やはり年上の子の方が有利だと分かってくる。体の小さな子はボールに触れることすらできないのだ。中には、面白くないとボールを追いかけるのをやめてしまう子もいた。

「天嶺さん、ボール投げの役お願いします」

「何故私がそんなことをしなければならない」

　葵は天嶺にボールを投げる役目を任せると、残っていたもう一つのフェイスタオルを持って、ボールを追いかけるのをやめてしまった子に近づいた。彼は『ボール遊びなんて興味ないもん』というふうに後ろ足で頭を掻いているが、視線はちらちらとみんなの方を見ている。

「トウヤくん」

　覚えたばかりの名前で呼びかけると、葵はタオルの端を持ってゆらゆらと揺らしてみせた。

「引っ張り合いっこしよう。私に勝てるかな？」

　やる気を出すために挑発してみると、子狐は目を輝かせて立ち上がる。

「かてるもん！」

　そうしてタオルの端を噛むと、小さな足を踏ん張って引っ張り始めた。

「すごい！　力が強いね！」

　実際思ったよりも強かったが、葵が勝てないほどではなかった。けれどしばらくいい勝負をした後で子狐に勝ちを譲ると、子狐はタオルを咥えて得意そうにする。

「なにそれ！　わたしもやりたい！」

と、そこで他の子もこちらにやって来た。

「じゃあトウヤくんと引っ張り合いっこね。こっちの端を噛んで……」

子狐同士でタオルを引っ張り合う姿の、なんと可愛いことか。お互いに一生懸命だが、ピンと上がったしっぽも、踏ん張る足も、ぺたんと閉じた耳もほほ笑ましい。

「おれもそれやる！」

「順番ね」

引っ張り合いっこも人気になってきたところで、ボール投げの役に徹していた天嶺が感心したようにこう言う。

「さすがだな。子供らは何が楽しいのか分かるのか」

「いえ……」

褒められたのは嬉しいが、葵は言葉を濁してうつむいた。

（わんこが喜びそうな遊びをしただけなんて言えない……）

なんて思いながら。

「ちゃんとしたボールを買ってあげてもいいかもしれませんね。きっと子供たち喜びますよ」

「そうだな。そうしよう」

天嶺はタオルのボールを追いかける子供たちを見て言ったが、彼もボールを追いかけたくてうずうずしているように見えた。

（目が爛々としてる……）

と、葵がそんなことを思ったところで、屋敷がにわかに騒がしくなる。少しヒステリックな女性の声と、バタバタと使用人が集まってきているような足音が聞こえるのだ。玄関の方だろうか？

「何でしょうか？」

葵は眠そうにしている猛の胸をトントンと優しく叩きながら言う。

そして天嶺も玄関がある方を見たところで、

「天嶺様。また、かつてのお得意様がおいでです。天嶺様に会わせろと……」

使用人の男性が困ったように報告しに来た。

「今、行く」

天嶺がそう答えたのと同時に、廊下から「勝手に入らないでください！」という使用人の慌てた声が聞こえてきた。

天嶺はため息をついて部屋から出て行き、葵はこっそり廊下を覗いた。何が起きたのか気になったのだ。

「玉尾さん！」

廊下の先には二十代くらいの女性がいて、使用人たちの制止も聞かずにこちらに向かってくる。女性は可愛らしいワンピースを着ていて、黒い髪を巻いている。どうやら普通の人間のようだった。

「どうして連絡くれないんですか⁉　私、何度もメッセージ送ったのに……！」

女性は興奮している様子で、冷静さを欠いているように見えた。

一方、天嶺はボールを追いかけたそうにしていた時とは打って変わって、冷めた態度で女性に接する。

「太山《たやま》さん、あなたはもう占いはやめた方がよろしいと思います。私の占いの鑑定料は安くはないですし、あなたは占いに夢中になるあまり、貯金も底をついてしまったのでしょう？」

「占いは……じゃあもうやめます！　でも、だったら占い抜きで私と会ってください。ただ相談に乗ってくれるだけでもいいし、一緒に食事をしてもらうだけでもいいんです」

どうやら天嶺の顧客だったらしいこの女性は、天嶺に強い好意を寄せているようだ。

しかし天嶺は冷たい。

「お金のないあなたに私の時間を割くことはできません。慈善事業をしているわけではないので」

「なっ……！」

女性はカッと顔を赤くして叫ぶ。

「じゃあ私に優しい言葉をかけてくれていたのは何だったんですか⁉　あんなに親身になってくれていたのに！」

「鑑定の一環です。あなただけに優しくしていたわけではありません」

「そんな……」

ひたすら冷たい天嶺の態度に、女性は絶望したように表情を暗くする。

かと思えば次には怒りを燃え上がらせて、鞄からカッターナイフを取り出した。

「もう私と会ってくれないなら、ここで死んでやる！」

葵は驚いて、女性を止めるためにとっさに駆け出そうとした。

けれどそれより先に、天嶺が片手を女性の右肩に伸ばす。そしてデコピンをするようにして、肩に乗っていた黒い何かを弾き飛ばした。

（あれは……）

葵は眼鏡の奥から目を凝らす。黒い何かはネズミサイズの小さな魑魅魍魎だった。

天嶺に指で弾かれ、空中であえなく消滅する。

すると女性は我に返り、持っていたカッターナイフをじっと見る。

「そんなことはやめてください」

天嶺がそう言うと、女性は自分を傷つけるのが怖くなった様子で、

「そ、そうですね……」

と素直にカッターナイフを仕舞う。そしておずおずと続けた。

「えーっと……。私、どうかしてたみたいです。どうしても玉尾さんに会いたくて玉尾さんのことばかり考えていたら、ちょっとおかしくなっていたみたい」

「そのようですね。しかし冷静になってもらえてよかった」

天嶺は淡々と言う。

「さぁ、では玄関はあちらです。勝手に屋敷に入って来たことは咎《とが》めませんから、お帰りください」

「あの、天嶺さん、すみませんでした。お金が貯まったら、また占いを頼んでもいいですか？」

「ええ。ちゃんと料金をいただけるなら」

そこで天嶺はやっとにっこりと笑った。けれどビジネスライクな笑みだ。

しかし女性はそれでも嬉しかったらしく、頬を染めて満足し、使用人たちに連れられて帰っていく。

「今の人は……」

女性の後ろ姿を眺めながら葵が尋ねると、天嶺は金色の髪をかき上げて答える。

「あの人間は、占い師としての私の顧客だ。最初はただ占いをしてほしくて私のもとにやって来たが、私の容姿に惹かれて勝手に惚れたのだ。まぁ、顧客の人間たちはだいたい私に惚れるから仕方がない」

「肩に小さな魑魅魍魎が乗っていたようですけど」

天嶺のうぬぼれをさらりと流して聞く。

「ああ、憑かれていたのだ。占いに頼ろうなどと考えている者は元々心が弱っているからな。私の顧客は特に悪霊や魑魅魍魎に付け込まれやすい」

「彼女が感情的になって暴走したのは魑魅魍魎の影響だったんですね」

「そういうことだ。純粋な恋心ならば魑魅魍魎は寄ってこないが、人間たちはどうしても嫉妬をしたり、独りよがりな想いを抱いたりしてしまうらしい」

「そうですね」

葵は恋をしたことがなかったが、想像して頷いた。

「でも天嶺さんも悪いのでは？　こうなる前に彼女を突き放すこともできたでしょうし、さっきもお金を払ってくれるならまた占いをするって言ったりして……。彼女のためを思うなら、彼女の想いには応えられないと言って、占いも一切断るべきだったんじゃないですか？」

「何故私がそこまで客のことを考えなければならない」

天嶺の声は氷のようだった。

「私は金を稼ぐために占いをやっているのだ。自分が贅沢《ぜいたく》をし、使用人たちを養うのには金が必要だからな。人間のことまで考える義理はない。勝手に私に惚れる方が悪い」

　そして天嶺は金色の瞳を妖しく光らせる。

「私は妖狐だぞ。多くの権力者を虜にした玉藻前の子孫だ。自滅しそうな人間を立て直してやるほどの優しさはない。さっきの人間も、魑魅魍魎を滅して救ってやっただけ有り難いと思ってほしいものだ」

　再びお金を稼がせて貢がせるために救ったのでは？　と葵は思ったが言わないでおいた。妖怪に善悪を説くのは難しそうだからだ。

　天嶺は屋敷で働く化け狐の使用人やその子供たちには優しかったが、狡猾《こうかつ》な妖狐の部分もしっかり持ち合わせているらしい。

「大体、ああいう人間をいちいち正していたらきりがない。私に惚れて魑魅魍魎に憑かれる者は決して少なくないというのに。連絡がつかないことに業を煮やし、屋敷に乗り込んできたのも彼女が初めてではないしな」

「そうなんですか。それはまぁ……大変ですね」

　あまり同情できなかったが、葵が一応そう言うと、天嶺は腕を組んで偉そうに返してくる。

「仕方がない。私が美しく、魅力的であるせいだ」

「そうですか」

　葵はおざなりに言う。

「でも天嶺さんは、本当に自分に自信があるんですね」

　子狐たちと猛がいる子供部屋に戻りながら、葵はぽつりと言った。

「天嶺さんは美形ですし、妖怪としての力も強いみたいですから、自信があるのは分かります。でも私は、人が自分自身を認めて自信を持つためには、親から愛されて育つことも重要なんじゃないかって思ってるんです」

　葵は自分の体験をもとに語った。

　子供部屋では子狐たちがボールやタオルで自由に遊んでいて、猛はすやすやと寝息を立てている。

「天嶺さんはさっき、自分は乳母や世話係たちに育てられ、両親とは食事の時に顔を合わせるくらいだったとおっしゃいました。それってつまり、あまりご両親からの愛情を感じなかったのではないかと私は思ってしまったのですが、そうではなかったんですね？　接する時間は少なくても、天嶺さんはご両親に愛されていたんですね」

　だってそうでなければ、天嶺がこんなふうに育つはずがないと思った。親からたっぷりと愛情を注いでもらっていないなら、たとえ容姿がよく、妖怪として強くても、どこか卑屈なところがあったり、自分に自信がなかったりするはずだ。

親にあまり愛情をかけてもらえなかったという部分で天嶺は葵と同じなのに、自分に自信がない葵と違って、天嶺は堂々としている。この違いは何だろうと気になった。

しかし天嶺は葵の言葉を否定する。

「いや、私は親からの愛情を感じたことはない。別に嫌われてもいなかったが、可愛がられた記憶もないのだ。両親は両親で自分たちの人生を楽しんでいて、私のことは二の次だったように思う」

天嶺は特に親への恨みを表に出すこともなく、落ち着いた口調で言う。

「けれど私は、親以外の者たちからの愛情を感じていた。乳母や世話係、この屋敷で働く使用人たちからのな」

そこで天嶺は葵を見下ろし、続ける。

「私は血の繋がった親に愛される事だけが大切だとは思わない。何故なら私は親以外の者からこれ以上なく愛され、尊敬されていて、それで満足しているからな。今まで寂しいと感じたこともない」

天嶺がそう断言した時、たまたま廊下を通りかかったらしい女性使用人が、開いたままの障子から顔を覗かせてこちらに声をかけてきた。

「天嶺様ー！　大引屋《おおびきや》の油揚げ買ってきましたよ！　今日の夕餉《ゆうげ》にお出ししますから

ね」

どうやらその店の油揚げが好物らしく、天嶺は分かりやすく嬉しそうな表情になる。

「何っ⁉　すぐに売り切れてしまうというのによくやった！　褒めて遣わす」

「ふふふ、ありがとうございます」

女性使用人は笑って返す。天嶺の喜びようをほほ笑ましく思っている様子だ。

（確かに天嶺さんは、このお屋敷で働く人たちから愛されてるんだろうな）

それは天嶺も彼らのことを大事にしているからだろう。彼らのために葵を誘拐して子守りを用意し、彼らを養うために金を稼いでいる。

「羨ましいです……。相手を愛して、その相手からちゃんと愛情を返してもらえているなんて」

葵は両親の姿を思い浮かべた。葵が二人を愛しても、母は姉の方をより愛しているように感じたし、父は仕事の方が大事そうだった。

そのため葵は、自分は姉や仕事よりも価値の低い人間なのだと思い始め、いつまで経っても自信が持てないでいる。

「藤崎は違うのか？」

天嶺は少し興味を惹かれた様子で問いかけてきた。葵は曖昧に笑いつつも頷き、答える。

「自分に自信がないんです」

「それはつまり、親から愛されなかったということか？」

はっきり言われるとグサッと来るなと思いつつ、葵は言う。

「いえ……全く愛されていないということはないと思いますけど……」

母からはよく電話がかかってくるし、困った時には助けようとしてくれる。ただ、その時に姉と比べられて色々と言われると、母は姉の方をより愛しているんだなと思うのだ。

しゅんとする葵を見て、天嶺は不思議そうに言う。

「何を気にしている？　親はただの親だ。それ以外の何者でもない。自分を認めてくれる相手は親でなくてもいい。他に自分を愛してくれる存在を作ればいい」

「簡単に言いますね」

葵はそう言いながらも、心の中では確かになと考える。

(天嶺さんが言うように、親に愛される事は一番大事なことではないのかも……。もちろん子供にとって親の愛は大切だけど、私はもう大人だ。いつまでも親からの愛情を求めて寂しがっていないで、自分から誰かを愛して、そして愛されるように努力をするべきなのかも。……親以外の、他の誰か――)

その時一瞬、何故か要の姿が頭をよぎった。

（どうして要さんが）

葵は赤くなって、要の映像を消そうと頭を振る。

（最近一番親しくしてる人だから……）

そう理由をつけて納得するが、要はまだ葵の頭の中に居座り続けていたのだった。


それから一時間ほど経つと、葵は子狐たちと庭に出た。まだ眠っている猛は縁側の日陰に移動させたので、庭にいても様子が分かる。

（広い庭で羨ましいなー）

子狐たち約二十四が走り回っても余裕のある広さだ。ここで黄助や千速も遊ばせてあげたい。

葵はそんなことを考えつつも、ずっとこの屋敷から逃げ出す隙を窺《うかが》っていた。

けれど天嶺もそばにいて――ボールを投げるのが楽しいのか、子狐たちに延々と投げ続けている――逃げるのはなかなか難しい。

ここの化け狐たちは怖くないし、子狐は可愛い。それに天嶺にも慣れてきた。けれど、宵月荘や要、子供たちのことが恋しかった。

（黄助くんたち、大丈夫かな？）

宵月荘の庭で遊ばせたままの二人は心配だが、もう黄助の母親も宵月荘に戻って来ているはずだ。

と、葵がそんなことを考えていると、再び玄関の方が騒がしくなる。

「玉尾さん！　いるんでしょう⁉　どうして連絡くれないんですか⁉」

女性の鋭い声が聞こえる。

「天嶺様、またです！　今度は松木《まつき》様です」

使用人が走って報告に来る。どうやら先ほどとは別の顧客が屋敷に乗り込んできたようだ。おそらくまた天嶺への恋心をこじらせて、魑魅魍魎に取り憑かれた女性だろう。

「今日は多いな」

天嶺は面倒そうに言いながらも、持っていたタオルのボールを葵に渡してから玄関へ向かった。

（……もしかして、今がチャンス？）

葵はボールを投げて子狐たちの相手をしながら、天嶺が去って行った方を見る。

（子狐ちゃんたちに黙って出て行くのは心が痛むけど、みんなが遊びに夢中になってる隙に猛くんを抱いて、玄関以外のところから逃げれば……）

屋敷の構造が分からないのが不安だが、今は天嶺も使用人たちも玄関に集まっているはず。

しかし葵が緊張しながら猛の方へ向かおうとした、その時だった。

「おぎゃあ！　おぎゃあ！」

すぐ近くから赤ちゃんの泣き声が聞こえてくる。葵は反射的に猛の方を見たが、猛は目を覚ましていたものの泣いていない。

（そもそも猛くんの泣き声とは違う）

猛は「んぎゃー！」という感じで泣くし、声も違う。

それにこの「おぎゃあ」という声は、聞いていると心がざわつくような不快な感じがするのだ。

「なぁに？」

「赤ちゃん……？」

子狐たちもきょろきょろと辺りを見回しつつ、普通の赤ん坊のものとは違う不快な声に毛を逆立てる。そして――。

「あ！」

子狐たちと葵は同時に声の主を見つけ、驚愕《きょうがく》した。

赤ん坊の泣き声を出していたのは、屋敷を囲む塀の上にとまっていた怪鳥だったのだ。

その奇妙な鳥は紫色の羽毛を持ち、くちばしと目は黄色、足は毒々しい赤色だ。そして体は大きく、体高は人間の幼児くらいあり、フォルムは普通の鳥と違ってまん丸だった。目も丸くて大きいので少しフクロウにも似ているが、この怪鳥に愛らしさはない。

「おぎゃあ！」

ただただ異様で、ぎょろりとした目や鋭い足の爪が恐ろしかった。

怪鳥は高い声でもう一度鳴く。どうやらこれは鳴き声だったらしい。

「ようかいだ！」

そう言って子狐たちが騒ぎ出す。怯えている彼らの様子を見るに、玉尾家と交流のある親しい妖怪ではなさそうだ。

「み、みんなこっちに集まって！」

葵は我に返ると、慌ててみんなを呼び寄せる。子狐たちはわたわたとこちらに駆けて来て、葵の足元で団子になった。

「見たことない妖怪だ！」

「ウブメっていうようかいだよ！」

子狐たちが口々に言う。

「産女……？」

そう聞いて、葵はすぐにパン屋の店員を思い浮かべた。彼女の本当の姿が、この怪鳥なのだろうか？

　すると怪鳥は鳴くのをやめ、葵の方をちらりと見る。そして低い女性の声で話し出した。

「今は嫌な血の臭いをさせていないのね」

「血の臭い……？」

　一瞬戸惑ったが、すぐに要の血の付いたお札のことを言っているのだろうと気づく。

　怪鳥は続ける。

「でも、酒呑童子から離れたと思えば、今度は玉藻前のところにいるなんて。玉藻前が戻ってくる前に、急いで私の赤ちゃんを連れて行かなくちゃ」

　丸くて黄色い目がぎょろりと動いて、猛を見た。

（狙いは猛くん？）

　葵がそう確信するとともに怪鳥は翼を広げた。猛の方へ来ようとしているのだ。

　子狐たちは狙われていなかったので、葵はその場から駆け出し、猛を助けに向かう。

　怪鳥が飛び立ち、猛のもとへ一気に滑空してくるが、葵の方が一歩早く猛に触れる。

　しかし猛を抱きかかえている時間はなかったので、その小さな体に覆い被さることしかできない。

　怪鳥は足で猛を捕まえようとしたらしく、手前で一瞬ふわりと浮き上がったが、葵が間に割って入ったので、まずは邪魔者を消そうと鋭い爪を光らせた。

（来る……！）

猛に覆い被さったままぎゅっと目をつぶり、背中に感じるであろう激痛に耐えるため、葵は歯を食いしばった。

――しかし次の瞬間、辺りに響き渡ったのは葵の悲鳴ではなかった。

空を切り裂く刃の音と、怪鳥がとっさに身をかわした時の羽音。その二つがほぼ同時に聞こえた。

葵が急いで顔を上げると、勇ましく美しい、紅《あか》い髪の鬼がそこにいた。

「要さん！」

「ぷー！」

葵と猛は一緒に叫んだ。要の姿を見て、葵の緊張が一気に解ける。これでもう大丈夫だ。

「てめぇ、葵と猛に何しやがる」

要は怪鳥を睨みつけ、再び刀を構えた。

けれど要がその刀をもう一度振るう前に、怪鳥は空高く飛翔して距離を取る。

「あと少しだったのに……」

そして悔しそうにそう言いながら逃げて行った。要には敵《かな》わないと分かっているのか、最初から戦う気はなかったようだ。

「葵、大丈夫か？」

怪鳥が姿を消すと、要はすぐに振り返って言った。そして猛を抱き上げながら眉根を寄せて続ける。

「猛を守ってくれたのは有り難いが、無茶するな。あいつの爪で切り裂かれてたら、葵なんてひとたまりもないぞ」

焦っているのか、要はいつもより早口だった。

そして次には大きく息をつき、安心したように言う。

「間に合ってよかった」

要は全身に汗をかいて息を切らせていた。ここへは英の車に乗って来たと言うが、途中でじれったくなって走って来たそうだ。

「走って!?」

「ちょっと渋滞してたし、そっちの方が早いからな。英ももうすぐ来る」

どれだけのスピードで走って来たのかと思いながら、葵は要がそこまでして駆けつけてくれたことが嬉しかった。

「でも要さんはどうしてここに？　猛くんを捜しに来たんですか？」

「猛だけじゃない。葵もだ」

当たり前のように言われて葵はちょっと照れた。

「思ったより早く仕事が終わって宵月荘に戻ったら、葵と猛がいねぇから焦った。黄助の母親が、黄助と千速に事情を聞いてるところだったんだ」

どうやら黄助は、ここの使用人が変化した自分の母親に促され、葵と猛が車に乗り込むところを見ていたらしく、それを母親に伝えたのだとか。

「けど、黄助の母親はそんなことしてないっつーし……。でもふと気づいて、ここのクソ狐の仕業かもしれねぇって言ったんだ」

要はそう話したが、黄助の母親はおそらく天嶺のことをクソ狐とは言わなかっただろう。

「要さん、天嶺さんのことを知っているんですか？　お友達とか……？」

「友達なわけあるか」

要は即座に断言する。

と、そこで、玄関での騒ぎを解決したらしい天嶺が戻ってきた。

天嶺は要の姿を目にすると、害虫を見つけたかのように心底嫌そうな顔をする。

「何故、貴様がここにいる。野蛮な鬼が。高貴な私の屋敷に許可もなく入り込んで」

「うるせぇ黙れ、クソ狐。人の知り合いを勝手に連れ去りやがって」

火花をバチバチ散らしながら罵り合う。天嶺は猛をちらりと見て続ける。

「その赤ん坊。ただの鬼の子ではないと思っていたが、貴様の血縁だったか。道理で躾《しつけ》がなってない」

　猛に唾を飛ばされたことを言っているのだろう。赤ちゃんに躾も何もない、とは思うが、猛は普通の赤ちゃんより利口な気がするので、わざとやった可能性は高そうだ。

　そして天嶺は、今度は葵の方を見て言う。

「藤崎もこの赤毛の鬼と知り合いだったのか。あの趣味の悪い札についていた血もこいつのものか。予想していないわけではなかったが、まさかこの乱暴者が赤ん坊や人間と繋がりがあるとは思わなかったからな」

「何で札のことを知ってる」

「人間の藤崎からあんな匂いがしていれば気づく」

　天嶺が答えると、要は目を細めて相手を睨んだ。

「てめぇ、葵に何もしてねぇだろうな」

　要がそんなことを気にするとは天嶺にとって予想外だったのだろうか。天嶺は驚いたように一瞬黙ったが、数秒後ににやりと笑って言う。

「匂いを嗅ぎ合った仲だ」

　それは葵が胸ポケットに入れていたお札を、天嶺が血の匂いを頼りに探していた時のことだと思い、葵はすぐに訂正する。

「いや、嗅ぎ合ってはないです。一方的に嗅がれただけで」

しかし要は天嶺の言葉を真に受けて、腹を立てた。

「その鼻そぎ落としてやろうか」

「できるものならやってみろ。酒呑童子に玉藻前は殺せない。妖怪の中で一番強いのは、私の一族だからな」

「寝言は寝て言え。最強は俺だ！」

要は叫ぶと同時に刀を構え、天嶺は妖狐の姿になる。翡翠色から白の着物に変わり、狐の耳と九本のしっぽが生えた。

（もっふもふっ……！）

葵は一瞬、九本もある天嶺のしっぽに気を取られたが、二人が今にも戦闘を始めそうなので正気に返った。

「ま、待ってください！」

葵は二人の間に入って言う。戦闘を始めようとしている妖怪の間に割って入るのは危険だと分かっていたが、要を信じていたから迷わなかった。葵が巻き込まれて怪我をしないように、要は必ず攻撃をやめてくれると思ったから。

そして予想通り、要は天嶺を睨みつつも刀を鞘に収めてくれた。

「葵、危ないぞ」

「二人ともケンカはやめてくださいｌ。ここには猛くんも子狐ちゃんたちもいますし」

葵が言うと、天嶺は庭の隅の方で震えている子狐たちや、怖々といった様子で集まってきていた使用人たちを見た。そして闘志を引っ込めて人間の姿に戻る。

と、そこで、

「――さて、じゃあ帰るか」

突然、英の声がした。この場にいた全員が驚いて、声のした方を見る。

英はいつの間にか縁側に座布団を敷いて、そこに座ってのんびりしていた。

「貴様！　成金のぬらりひょんめ！　勝手に屋敷に入るな！」

「まぁまぁ」

怒る天嶺を適当になだめつつ、英は立ち上がった。そして要や葵に「帰るぞ」と声をかける。要は猛を片腕で抱いて英の後に続き、葵は子狐たちにお別れを言う。

「みんな、ごめんね。もう帰らなくちゃ。また一緒に遊べたらいいね」

「えー、お姉さん帰っちゃうのー？」

「やだー！」

子狐たちに続いて、天嶺が言う。

「藤崎、ここで子守りをするのなら、今よりもっといい暮らしをさせてやるぞ」

「いい暮らし……」

それには正直惹かれるし、子狐たちとの別れは寂しい。

しかし葵にとっての帰る場所は、すでに宵月荘になっていた。それにここにいると、もう要とは会えないかもしれない。きっと天嶺を嫌って会いに来てくれないと思うから。

「ごめんなさい、帰ります」

葵ははっきりと断った。そうして要や英、猛と一緒に帰ろうとしたが、去り際、天嶺がこんなことを言ってきた。

「藤崎は子守りとして、この私とそこの赤毛の鬼、それに子供らからも求められている。この状況で、むしろ何故自分に自信を持てないのだ？」

その言葉で、ハッと何かに気づかされた気がした。少しでも自分に自信を持つと、葵はそれを自分で心の奥底に仕舞い込んでいた。お姉ちゃんのようになっていないのに自信なんて持ってはいけないと、無意識に思ってしまっていたのだろう。

「……本当ですね。私、卑屈になっていて、みなさんの気持ちをちゃんと受け取れていませんでした。ありがとうございます」

葵は笑って天嶺に礼を言った。彼の自信家な部分は少しだけ見習いたいと思う。褒められたら、その言葉を素直に受け取る方がよさそうだ。

しかし葵が前を向くと、要が不機嫌そうに天嶺とのやり取りを見つめていた。

「なんです？」

「なんかイライラする」

「ええ？　な、なんでですか？」

「分からん」

葵と要はお互いに首を捻《ひね》りながら、天嶺の屋敷を後にしたのだった。

# 生まれ変わる産女

天嶺の屋敷から帰る車の中で、葵たちは怪鳥の正体について話をした。

「丸くてでかい鳥ねぇ……」

英はハンドルを握りながら言う。彼は怪鳥が去ってから屋敷に到着したので、その姿を見ていないのだ。

「子狐ちゃんたちは産女だって言っていたんですけど……」

葵は後部座席から言う。子狐たちの言葉を信じないわけではないが、子供を攫うあの不気味な鳥が、パン屋の明日木だとは思いたくなかった。

「要はどうだ？　その妖怪を見たんだろ？」

英は要に話を振る。要は腕に抱いている猛の頬をふにふにしながら、真面目な顔で答えた。

「見たが、俺もウブメだと思った」

その言葉に、あの優しそうな明日木がやっぱり犯人だったのかと、葵は少しショックを受けた。

けれど要はこう続ける。

「けど、パン屋の産女とは違う。別人だ。あの鳥を見た時に頭に浮かんだのは、産む女の『産女』じゃなかった。もっと別の漢字だ」

「どんな漢字ですか？」

「姑獲鳥《うぶめ》だ。『姑』に『獲る』、『鳥』で姑獲鳥」

「姑獲鳥か……」

口を挟んだのは英だ。そしてこう続ける。

「確かに産む女の方の産女は、妖怪の姿になっても人間の時の姿とそう変わらないはずだからな。それに今も明日木には明楽を監視につけていて、明楽からは何の連絡もない。つまり明日木は普通にパン屋で働いているはずだ」

「そうなんですか。じゃあ全く別の、その姑獲鳥という妖怪が犯人ってことですね」

葵は明日木が犯人でないことにホッとして言った。

「おそらく。姑獲鳥は子供を攫うと言われている妖怪だしな。それに姑獲鳥は、気に入った子供に印をつけると聞いたことがある」

赤信号で止まると、英はちらりと猛の方へ視線をやる。

「猛が前に公園で攫われそうになった時につけられたっていう、その額のあざ。それもしかしたら〝印〟なのかもしれねぇ。それがあるうちは猛は狙われ続けるぞ」

するど要はフンと鼻で笑った。

「向こうから来てくれりゃあ、捜す手間が省ける。返り討ちにしてやる」

戦えば、要は姑獲鳥を倒す自信があるようだ。

「でも、明日木さんが関係なくてよかったです」

葵は胸を撫で下ろしながら言ったが、英はこう返してきた。

「……いや。産女のことは、もうしばらく明楽に監視や尾行をさせておく。産女は難産で死んで妖怪になった人間だからな、明日木も子供には執着があるかもしれねぇ。それに一連の誘拐事件の犯人が、全部姑獲鳥だとは限らないからな」

確かに明日木も猛のことを気にしている節はあった。初めて猛を見た時も、『まぁ、可愛い赤ちゃん！』と、いつもとは違う表情を見せていたのだ。

（子供や赤ちゃんが好きなんだなって思ったけど、でも好きだからこそってこともあるのかな……）

難産で亡くなったという明日木の気持ちを考えて、葵は切なくなったのだった。

天嶺の屋敷から帰ってきた翌日、午前中の早い時間から葵の部屋に訪問者があった。

要と猛は朝から葵の部屋に入り浸っていたし、黄助と千速もすでに預かっていたので、その四人以外の訪問者だ。

「おはようございます。突然すみません。一〇三号室の布代《ぬのしろ》です」

扉を開けると立っていたのは、三十歳くらいの夫婦と幼い姉妹だった。一〇三号室は、以前挨拶に行っても留守だった部屋だ。

葵は「あ」と声を漏らしてから、慌てて挨拶する。

「初めまして、藤崎葵と申します。何度か引っ越しのご挨拶に伺ったのですが、お留守で……」

「ええ、すみません。留守にしていることが多いもので。挨拶の品をどうもありがとうございました」

父親は細い目をさらに細めて笑う。ごく普通のサラリーマンのような風貌で、真面目そうであり、人がよさそうでもある。

「それで手紙を見たんですけど……」

父親は続ける。何度か挨拶に行っても会えなかったので、葵は粗品と手紙を袋に入れ、玄関のドアノブにかけておいたのだ。

手紙には引っ越しの挨拶と共に、『妖怪の子を預かっているので、足音や声がうるさかったりしたら遠慮なく言ってほしい』と書き添えてあった。

「私たち夫婦も仕事をしていまして、よければ子供を預かってもらえないかと思ってお伺いしたんです」

父親がそこまで言ったところで、母親が口を挟む。

母親は目鼻立ちのはっきりした色白の美人だった。黒髪にはきつめのパーマを当てていて、快活な雰囲気だ。

「あなた、もうバスの時間よ！　先に行って。私はまだ時間に余裕があるし、説明しておくから」

「ああ、ごめん。頼んだよ」

父親は葵に頭を下げて慌てて去ろうとしたが、思い出したように妻に言う。

「真白《ましろ》、誕生日プレゼント何がいいか考えておくんだよ」

「そんなのいいったら。もう祝われるような歳でもないし」

「僕が祝いたいんだよ。遠慮しないで、欲しいものを考えておいて」

「……ありがと！」

嬉しそうに笑うと、真白という名の美人妻は、夫に抱き着いて頬にキスをした。

朝から何を見せつけられているんだろうと思いながら、葵はちょっと恥ずかしくなって目を逸らす。いつの間にか葵の背後に立っていた要も、甘ったるいお菓子を口に入れられたみたいにぎゅっと眉間に皺を寄せた。

「もう、やめてよ、お母さんたち！」

子供も恥ずかしいと思ったのか、姉妹の姉らしき女の子が言う。まだ五歳くらいだがこの子も色白で、母親似の美少女だ。西洋人形のような可愛さがある。

「うふふ、すみません！」

真白は仕事に向かう夫に手を振ってから、葵や要の方を見て謝った。

「ラブラブですね」

葵が笑って言うと、真白は改めて自分たちのことを話し出す。

「ありがとう！　夫はとても優しいのよ。いい父親であり、いい夫でもあるの。子供たちが生まれても、付き合っていた時と変わらず私のことを大事にしてくれる。僕にはもったいない美人で働き者の妻だからって」

真白がのろけると、要は眉間の皺を深くする。他人がいちゃついたりのろけたりすると険しい顔になってしまうようだ。

そして布代夫妻は、確かに容姿だけを見れば夫の方はごく普通の、いやどちらかと言えばあまり印象に残らない顔立ちだったので、本人が言うように自分にはもったいないと思っているのだろう。

「夫は一反木綿でね、彼の一族って薄い顔の人が多いらしいの。ほら、一反木綿って薄いから！」

真白はアハハと笑ったが、姉妹の姉は「もう、じょうだんはいいから！」と母親を止める。

真白は「分かったわよ」と言って続ける。

「それで私は骨女なの。本当の姿は骸骨だけど、人の姿は綺麗でしょ？　自分で言うのもなんだけどね」

真白は茶目っ気たっぷりにウインクした。

「で、本題は？」

しびれを切らせたのは要だ。真白はそれほど強い妖怪ではなさそうだが、気の強いところがあるのか、要を怖がることなく笑う。

「ああ、ごめんなさい。子供たちを預かってほしいって話ね」

「私は構いませんが、今日からですか？」

「もしよければ。いきなりだし、駄目なら明日以降でも大丈夫よ。もちろんお金はお支払いするわ。この子たち、今はうちの両親に預かってもらってるの。もう人間の姿には変われるけど、まだまだ不安定だから人間の保育園や幼稚園には預けられなくて。でもうちの実家はここから少し距離があって、毎日の送り迎えが大変だから」

「そうなんですね、分かりました。私は今日からでも大丈夫ですよ」

葵が快く言うと、真白は「よかった！」と喜んだ。

「ありがとう。今日は私も早く会社に行かないといけないから、実家まで送らなくて済むのは助かるわ。これからも平日三日ほど預けたいけど、構わない？　休日は私と夫がいるし、残りの平日二日はこれまで通りうちの両親に預けるわ。今までずっと孫の面倒を見て来たのに、急に来なくなるのも寂しいんですって」

　真白は笑って言う。そして姉妹を葵に紹介した。

「こっちがお姉ちゃんの白羽《しらは》。五歳だけどしっかり者なの。私の性質を受け継いでいる骨女よ。顔も私にそっくりでしょ？」

「ええ、お母さん似ですね」

　白羽は嬉しいのか、照れて笑っている。

　そして真白は、ずっと白羽の後ろに隠れていた妹を前に出した。

「この子は妹の絹羽《きぬは》。四歳よ。夫の性質を受け継いだ一反木綿で、引っ込み思案なの」

　絹羽は真白や白羽とは似ておらず、性格も大人しいようだった。葵や要に人見知りしてか、今も下を向いている。

「絹羽ちゃんはお父さん似なんですね」

　葵は、仕事に行った父親の顔を思い出して言う。

　すると真白は、

「ああ、そうなの。よく言われる」

　と言った後、早口でこうつけ加えた。

「絹羽はちょっと顔が地味で……。白羽は可愛い顔立ちなんだけどね」

　真白は他人に姉妹を紹介する時、いつもそんなことを言っているのだろうか？　絹羽は言われ慣れている様子で、反論もせずに黙ってうつむいている。

「絹羽ちゃんも可愛いですよ」

白羽が西洋人形なら、絹羽は日本人形のように愛らしいと思うが、絹羽は自分に自信がなさそうだ。

葵は姉と比べられる絹羽のことを、自分と重ねて見てしまったのだった。


その後、葵は白羽と絹羽の姉妹を預かり、部屋に招き入れた。姉妹は黄助や千速と顔見知りのようで、すぐに打ち解けた。子供同士の仲は問題なさそうだ。

「白羽ちゃん、絹羽ちゃん、よろしくね。私は葵って言うの」

「うん！　よろしくおねがいします、あおいお姉さん」

白羽はすぐに返事をしてくれたが、絹羽はもじもじしていたので、葵の方から距離を詰めてみた。握手をしようと手を差し出す。

「絹羽ちゃんもよろしくね」

威圧感を与えないように、なるべく優しく穏やかに言うと、絹羽はちらりと顔を上げて葵を見た。そして小さな手で葵の手を遠慮がちに握り返してくれた。

その仕草が可愛かったので、葵は「ふふふ」とほほ笑む。

「じゃあ、何して遊ぼうか？」

　時間が経つにつれ、絹羽も緊張がほぐれてきたようだった。お絵描きが好きなようで、クレヨンと画用紙を渡すと集中して絵を描き出す。そして出来上がったのは、

「それ、だぁれ？」

「しらはおねえちゃん……」

　葵が尋ねると、絹羽は恥ずかしそうに言った。

「わたし？　ありがとう、きぬは！」

　白羽も嬉しそうだ。そしてお返しに「わたしも、きぬは描くね！」と張り切ってクレヨンを握る。

（姉妹の仲はよさそう）

　何となくホッとする。そして葵は自分の姉のことを思い出した。母にどんなに比べられようと、葵も姉のことは好きだ。気弱な葵は、小さい頃は近所の子にからかわれたりすることもあったが、そういう時は姉が助けてくれたのだ。

　白羽と絹羽も、このまま仲のいい姉妹でいてほしいと思う。真白が何を言っても、絹羽は白羽に引け目を感じてほしくない。

　と、葵がそんなことを考えている一瞬のうちに、白羽がお絵描きに集中するあまり妖怪の姿に変わっていた。

「び、びっくりした……」

葵は自分の胸を押さえる。白羽は骨女なので、妖怪の姿は真っ白な骸骨なのだ。服を着た子供の骸骨が突然目の前にいたので、すぐに白羽だと分かったものの驚いてしまった。

「あ、ごめんね、あおいお姉さん。びっくりした？」

白羽がアハハと笑って言うと、どこかの骨がカタカタと鳴った。

「うん。でももう大丈夫だよ。それが白羽ちゃんの本当の姿なんだね」

「そうだよ。きぬはも変わってみたら？」

「え、でも……」

絹羽は葵をそっと見た。気味悪がられるんじゃないかと不安に思っている様子だったので、葵は「変わってみせて」と言ってみた。

するとと絹羽は、おずおずと頷いてから一反木綿に姿を変える。白羽もそうだが、絹羽も妖怪の姿になっても小さくて可愛い。骸骨と一反木綿を可愛いと思うなんて、自分でも不思議だが。

「二人とも白くて綺麗だね」

「そうでしょ？」

白羽はすぐにそう返してきて、絹羽は照れくさそうにひらひらと尾の部分——果たして尾と言っていいのか分からないが――をなびかせた。

「わぁ、おもしろーい」

と、ひらひらと浮いている絹羽を見て、黄助が前足でちょっかいを出す。白羽の方には千速が行って、肋骨の中の空洞に入り込んでいた。

「やだ、くすぐったいよ！」

白羽は笑い、絹羽は黄助に捕まらないようにあわあわと天井近くを飛んで逃げている。

「黄助くん、千速くん、だめだよ」

葵が二人を捕まえると、絹羽はホッとして、白羽はまだくすぐったそうにしながら人間の姿に戻ったのだった。


お昼になると、葵は黄助と千速にお弁当を食べさせた。預かっている子供のごはんやおやつは、基本的にはそれぞれの親が作ったり買ったりしたものを与えている。

そして猛にはミルクを飲ませると、葵は要と自分の分の昼食を作ろうと立ち上がった。

「白羽ちゃんと絹羽ちゃんはお弁当とか持ってきてないよね？　お昼ごはん作るけど、アレルギーとか嫌いな食べ物とかある？」

「ううん、ないよ。でもわたし、パンが食べたいなぁ。おこづかいはもらってるの」

白羽はピンクのがま口財布を取り出して葵に見せた。絹羽もお揃いの青い財布を持っている。

「『またん』のパンが食べたい！　かいに行こうよ！」

「『Matin』のパン、二人も好きなんだ？　美味しいよね」

葵もよく行くが、布代姉妹も常連らしい。

「いつもお母さんといっしょに行くの。お母さんもパンが好きだから。ね、きぬは？」

「うん」

白羽の言葉に、絹羽も財布を握りしめて頷く。絹羽もパンが食べたいらしい。

「そっかぁ。じゃあ私もお昼はパンにしようかな。要さんはどうします？」

「俺もパンでいい。一緒に行く」

今日も来ていた要が即答してから続ける。

「最近、色々物騒だからな。それにそのパン屋には産女がいるだろ？」

「ええ……お休みでなければ」

明日木は誘拐犯ではないと思っているが、子供たちもいるし、確かに要について来てもらった方が安心かもしれないと葵は思った。

「黄助くんと千速くんも一緒に行ってくれる？　私のメロンパン分けてあげるから」

部屋に残していくわけにいかないのでメロンパンで二人を釣り、葵たちはパン屋に向かう。

「明日木さんのことは、英さんたちが調べているんですよね？」

宵月荘を出て歩きながら、葵は要に尋ねた。

「ああ。明楽が明日木のマンションも突き止めて部屋も調べたらしい。だが、特に怪しい点はなかったと言ってた」

「調べたってどうやって？」

「明日木の部屋は三階だったらしいが、カーテンがちょっと開いてたから、首を伸ばして覗いたって言ってたぞ」

「明楽さん、ろくろ首ですもんね……。でも他の通行人とかに目撃されなくてよかったですね」

明楽の方が悲鳴を上げられ通報されてしまう。葵が苦笑しながら言うと、要は葵や子供たちに歩調を合わせてゆっくり歩きながら返す。

「さすがに明楽でもそんなヘマはしないだろ。産女の部屋はあまり物がない、シンプルな部屋だったらしい。どこかに子供が監禁されているとか、そういう様子もなかったようだ」

「そうですか」

また少し明日木が犯人でない可能性が高まり、葵はホッとした。

要は続ける。

「産女のことは今日も明楽がマークしてる。何だか知らねぇけど、あいつ、いつにも増してやる気出してるんだ。ずっと産女のことを監視してるから、あの女が子供を攫うようなそぶりを見せればすぐに分かるはずだ」

「じゃあ今もパン屋さんにいるかもですね」

葵がそう言ったところでちょうどパン屋に着き、そして明楽のことも発見した。明楽は店が見える位置にあるバス停のベンチに座っている。

明楽も葵たちに気づくと、道路の反対側のバス停から手を振ってきた。葵も軽く手を振り返す。

「……明楽さん、少し元気がなさそうですね」

明楽に背を向け、パン屋の入り口に向かいつつ、葵は言った。

「落ち着いているというかテンションが低いというか……。普段の明楽さんなら明日木さんを監視していることも忘れて、『葵ちゃーん！』って大きな声を出しそうなのに」

自分が現れたら明楽はもっとテンション上げるはず、と言いたいわけではもちろんない。たとえば明楽の前を葵よりもっと美人が通りかかったとしても、今の明楽はナンパもせず大人しく座っていそうな気がする。

「元気ない？　そうか？　明楽にこれっぽっちも興味がないからよく見てなかった。葵はよくそういうところに気づいて、すごいな」

　要は途中でさらりとひどい言葉を挟みつつ、感心して言う。

「いえ、そんな。他人の視線とかを気にする方なので、私も人のことはよく見てるのかもしれません。悪く言うと、顔色をうかがっているというだけです。でも、ありがとうございます」

　すごいなんて言われたのは初めてで、葵は少し照れつつ返した。自分の短所だと思っていたところを褒められるとどうしていいか分からなくなるが、自分の自信になるように、有り難く褒め言葉を受け取っておく。

　そしてパン屋に入る前に、葵は抱いていた黄助と千速を要に預けた。

「要さん、申し訳ないんですけど二人を抱いて待っていてもらえますか？　食べ物屋さんですし、黄助くんと千速くんは入れないと思うので」

　他人からは二人はペットだと思われるだろう。

「メロンパン買ってくるからちょっと待っててね」

　猛を抱いているのとは反対の腕で要に抱かれると、黄助と千速は憐れっぽく眉を垂らした。要に抱っこされることを恐ろしがっているような感じで、カチンコチンに硬直している。同じ部屋にいても怖がらなくなったと思っていたが、抱っこされるのはまだ慣れないらしい。

「じゃあ白羽ちゃん絹羽ちゃん、入ろうか」

葵は姉妹を連れて店に入った。すると、

「いらっしゃいませ」

店のレジには明日木が立っていた。今日も長い黒髪を後ろで一つに縛って、パン屋のエプロンをしている。化粧っけはなく控えめだが、やはり清潔感があって綺麗な人だと葵は思った。

（そしてやっぱり優しそう）

明日木は葵に会釈した後、白羽と絹羽の姉妹にもにっこりと笑いかけたのだ。子供の客にただ愛想よくしているだけではなく、子供が好きなんだろうと思える自然な笑顔だった。

「こんにちは」

葵も明日木に挨拶を返してから、姉妹と一緒にトレーやトングを取ってパンを選ぶ。

「二人はどんなパンが好きなの？」

「わたし、クリームのやつがすき！　あとコーンの載ったやつ」

葵が尋ねると、白羽は楽しそうにパンを見つめながら答えた。

「絹羽ちゃんは？」

「しらはお姉ちゃんとおなじの……」

絹羽は恥ずかしそうに言う。自分の好きなものが言えなくてそう言っているのではなく、本当に姉と同じものが食べたいらしかった。

（きっとお姉ちゃんに憧れてるんだろうな）

葵はほほ笑ましく思った。自分も幼い頃はそうだった。可愛い姉とお揃いがよかったのだ。

（でも成長するにつれ、お姉ちゃんと比較されるのが悲しくて、本当は一緒がよくても別のものを選ぶようになっちゃったんだけど……）

服などはもちろん、こういう食べ物でも全く違うものを選ぶようにしていた。けれど絹羽はまだそこまで行っていないようだ。

葵は真白が言ったことを思い出す。

『絹羽はちょっと顔が地味で……。白羽は可愛い顔立ちなんだけどね』

その言葉を、絹羽は理解しているように見えた。

（絹羽ちゃんが私みたいになる前に何とかしたいな……）

もう少し真白と姉妹の普段の様子を見て、やはり真白の言葉や態度が気になるようだったら、真白と話をしてみようと思った。お節介をするのは気を遣うけれど、恥ずかしがり屋でお姉ちゃんが大好きで、そしてお父さん似の絹羽は、そのままで可愛いと思うから。

「クリームのって、これかな?」

葵は気を取り直すと、いくつかあるクリーム系のパンから、ホイップクリームが挟まったコッペパンを指さした。しかし白羽は違うと言う。

「そういうのじゃなくって、えっと」

「これだよね?」

白羽がきょろきょろとパンの載った棚を探していると、後ろから明日木がやって来て、一番上の棚にあったクリームパンを取ってくれた。ここのクリームパンはパンがもっちりしていて、中にはカスタードがたっぷり入っている。でも甘過ぎなくて美味しいのだ。冷やして食べるのが葵は好きだった。

「ありがとう!」

白羽が礼を言う。そして明日木は絹羽のトレーにもクリームパンを載せた。

「ありがとう……」

「どういたしまして。あとはこれね、コーンマヨパン」

明日木は姉妹の好みを分かっているらしい。葵がその様子を見ていると、明日木はほほ笑みながら説明する。

「この子たち、お母さんと一緒によくうちにパンを買いに来てくれるんです。なので、いつも買ってるパンを覚えてしまって」

「そうなんですね」

姉妹は毎回同じパンを買ってもらっているようだ。

「この子たちのことも預かっておられるんですか？」

今度は明日木がちらちらと外を気にしながら——窓ガラス越しに、猛と黄助、千速を抱いた要が眼光鋭く店の中を覗いているのだ——尋ねてきた。

葵は頷く。

「ええ、そうです。二人の両親はお仕事なので」

「親御さんとはお知り合いなんですよね？」

「ええ、まぁ」

明日木が食い気味で聞いてきたので、葵は戸惑いつつ曖昧に答えた。

すると明日木は、姉妹がレジで他の店員にお会計をしてもらっている隙に、葵に小声でこう言ってきた。

「余計なお世話なんですけど、私、ちょっと気になることがあって。二人のお母さん、絹羽ちゃんの方は可愛がっていないんでしょうか？」

唐突な質問に葵が何も答えられないでいると、明日木は気まずそうに続ける。

「すみません、突然変なこと聞いて。でも二人のお母さん、二人を紹介する時に白羽ちゃんのことだけ褒めるんです。白羽は可愛いんですけどねって苦笑いして。私が最初に『可愛らしい姉妹ですね』って声をかけた時もそうでしたし、最近新しく入ったうちの店員が話しかけた時もそうでした」

葵は何て答えようかと悩んで黙った。やはり真白は普段から白羽のことだけ可愛がっているのだろうか。

そして明日木はそんな母子のことを気にしていたのだ。

(明日木さんは、やっぱり優しい人だと思うな)

しかし葵がそう感じた時、明日木は「私、何だか絹羽ちゃんのことが不憫に思えてしまって」と言った後でこう続けた。

「可愛がられていないなら、絹羽ちゃん、私がもらっちゃおうかしら……」

それは独り言のように小さな声だった。

けれど、その後明日木はすぐに葵に笑いかける。

「……なんて。冗談です」

葵は何も返せず、また黙った。

(優しいがゆえに子供を誘拐してしまう、ということもあるのかな)

天嶺の屋敷で見た怪鳥はそんな動機で子供を攫っているとは思えなかったが、誘拐犯はあの姑獲鳥だけじゃないのだとしたら……。

「あおいお姉さん！　パンかったよ！　お姉さんはかわないの？」

と、そこで白羽と絹羽が会計を終えてこちらにやって来た。明日木は二人に笑いかけ、葵にも軽く頭を下げてから、パンを作っている厨房《ちゅうぼう》の方へと行ってしまったのだった。


事件が起きたのは、それから二日後の土曜日のことだ。

「よし、できた！」

その日、葵は新作漫画のネームを完成させた。部屋には要と猛も来ていたのだが、漫画の方に集中させてもらった。というか、漫画を描くと言っても「邪魔はしねぇから」と要が帰ってくれなかったのだ。

「終わったのか？」

猛と一緒にうとうとしていた要が言う。部屋に戻って眠ればいいのにと思ったが、要たちがいると意外に集中できた。

「ええ、ネームだけですが私にしては早くできました。妖怪物なんて描くの初めてだったんですけど、何だかアイデアがどんどん湧いてきて……。きっと要さんたち本物の妖怪と接しているおかげですね。……あ、もうこんな時間」

時計は午後六時を指している。しかし葵が一息つこうと立ち上がった時、突然部屋のチャイムが鳴った。

訪ねて来たのは真白で、焦った表情で葵に詰め寄る。

「葵ちゃん、一応聞きたいんだけど、うちの絹羽来てないわよね？」

息を切らせている真白に、葵は「どうしたんですか？」と返す。

「絹羽ちゃんはうちには来てないですよ」

今日は布代夫婦は休日なので姉妹は預かっておらず、葵の部屋にいるのは要と猛だけだった。

葵の答えを聞き、真白はうなだれる。

「そうよね、やっぱり……」

「どうしたんですか？」

葵はもう一度尋ねた。要も猛を抱いて部屋の奥から出てくる。

真白は怒りを滲ませながら答えた。

「……絹羽が誘拐されたの。今日は家族みんなで隣街のショッピングモールに行ってたんだけど、ちょっと目を離した隙に攫われたのよ」

「え？」

「館内放送とか色々としてもらったんだけど見つからなくて、警察にも連絡したの。

それで防犯カメラを確認したら、帽子を被って髪を後ろで縛った女が、絹羽の手を引っ張って行くのが映ってて……。絹羽は怖がりで大人しい子だから、悲鳴を上げられなかったのよ」

真白はぐっと歯を噛みしめてから続ける。

「夫は白羽や警察の人と一緒にまだショッピングモールにいるんだけど、私は居ても立ってもいられなくて、絹羽とその女を捜して回ってるのよ。それでもしかしたら絹羽が一人で逃げてくれたかもしれないと思って、宵月荘にも寄ってみたの。うちは鍵が掛かってるから、葵ちゃんのところに行ってるかもって……」

「そうだったんですね」

絹羽に何かあったらと考えて、葵の声も少し震えた。

一方、要は冷静に言う。

「その犯人の女はおそらく妖怪だ。最近猛も、姑獲鳥っつー妖怪に攫われそうになった」

「妖怪？　そうだったの？　防犯カメラの映像からは気づけなかった」

真白は驚いて言う。直接相手を見ないと妖怪かどうかは分からないらしい。

要は続けた。

「だが、お前の子供を攫った妖怪が姑獲鳥かどうかは分からねぇ。他にも怪しい妖怪がいるからな」

　要は明日木のことを言っているようだった。

だが真白は今、相手が妖怪だろうと人間だろうと冷静に対応を考えている余裕はないらしい。拳を強く握ると、怒りで一瞬本当の姿——あでやかな着物を着た骸骨——に戻りながら言う。

「妖怪でも人間でも、絶対に犯人を見つけてやるわ！　私の大事な絹羽に何かしてたら殺してやるッ！」

　そして真白はまた人間の姿になると、葵の部屋の前から走り去っていったのだった。

「あ、真白さん……！」

　葵は絹羽が無事かどうか不安に思うと同時に、真白の様子を見て少し安心した。真白がこんなにも怒り、取り乱したことで、白羽と同じくらい絹羽のことも愛しているんだと分かったからだ。

「絹羽ちゃんを見つけないと」

　葵は誰に言うでもなく呟いた。

　絹羽を心から心配している真白の姿を見せるためにも、絶対に絹羽を捜し出さなければならない。

「真白さんから愛されてることを、絹羽ちゃんに自覚してもらわなきゃ……！」

もうすぐ日が暮れそうだったが、葵は絹羽を捜すために外に行こうとした。鞄に鍵や財布を放り込みながら、要に尋ねる。

「姑獲鳥の居所について、要さんや英さんたちで何か手掛かりは掴めていますか？」

「いや、まだだ」

要は首を振る。

「そうですか」

手掛かりがないのに、ただの人間である葵に姑獲鳥を捜し出せるとは思えなかった。

そこで、とりあえずもう一人のウブメ──明日木の方を一応調べてみようと思い立つ。

「ちょっと『Matin』に行ってきます。六時閉店のはずなので、もう閉まっているかもしれませんが」

「俺も行く」

そうして猛も連れて、三人で宵月荘を出た直後だった。

「あれ？　葵ちゃん。と要と猛じゃん」

「明楽さん」

道の向こうから歩いてきたのは、派手なシャツを着ている明楽だった。

「どしたの？　これからどっか行くの？」

「お前、産女の監視は？」

明楽と要はほぼ同時に言った。明楽は肩をすくめて答える。

「俺にも休息が必要なの。腹減ったし」

「明日木さんはまだお店にいますか？　彼女、今日の昼間もずっと働いていました？」

今度は葵が詰め寄った。明楽は首を傾げて言う。

「何？　何かあったの？」

「実は……」

葵は、絹羽が攫われたことを説明した。

「ええ!?　まじ？」

「本当です。それで一応、明日木さんのところに行こうと思ったんですけど、明楽さんが監視していたならやっぱり彼女は潔白ですね。明日木さんはいつもと変わりなかったですか？」

「うん、まぁ……普通に仕事してたけど……」

明楽はそう答えつつ、何かを考えているようだった。そしてこう言う。

「俺、彼女のこと監視してて思ったけどさ、別に怪しいところはないよ。だからもう彼女を監視すんのはやめていいと思う」

「それを判断するのはお前じゃねぇだろ」

要はぴしゃりと言った。そして明楽のことを疑って続ける。

「お前、監視すんのが面倒だからって適当なこと言ってんじゃねぇだろうな。大体、今日だって本当にちゃんと監視してたのか？　実は遊びに行ったりしてねぇだろうな？」

「そ、そんなことしてねぇよ！」

明楽は慌てて言う。

「まじだって！　まじ！　俺、珍しくちゃんとやってんだから！」

「何か嘘っぽいな」

「いや自分で言ってて思うけど！　でもちゃんと監視してたよ！　……あ、いや、やっぱり――」

明楽はそこでふと黙ると、数秒またもや何かを考えて、そしておずおずとこう言った。

「えーっと……やっぱり監視してなかった」

「あ？」

要はイラッとして眉間に皺を寄せる。

「どっちだよ」

「いや、あの……監視はしてなかった。遊びに行ってたんだ」

「何やってんだ、お前」

「それでさ……」

明楽は要の威圧に気圧《けお》されつつも続ける。

「明日木さん、仕事辞めて引っ越しちゃったみたいなんだよね」

「はぁ⁉」

「え？」

要と葵は同時に言った。あまりに突然の話だ。明楽は頭を掻きながら、ばつが悪そうに説明する。

「さっきパン屋で話を聞いてきたんだけど、彼女が急に辞めたいって言い出したんだって。何でも突然引っ越しをすることになったとかで……理由はよく分からないらしいんだけど。それで彼女のマンションにも行ってみたけど、窓にはカーテンがなくて、中は何もなくなってた。俺が遊びに行ってる間に引っ越しちゃったみたい」

明楽は「てへっ」と笑ったが、要はずっとイライラした犬のように鼻に皺を寄せて明楽を睨んでいる。今にも噛みつきそうだ。

「お前、本当に使えねぇ奴だな。監視してるのも産女にバレてたんじゃねぇか？」

「そうかも、ごめんー」

明楽は申し訳なさそうにしながらも軽く言った。

葵は困った顔をして言う。

「じゃあ、もう『Matin』に行っても、マンションに行っても明日木さんはいないんですね？」

「そう、だから行っても無駄だと思う。もう彼女のことは放っておいたら？　俺が見てた感じでは、子供の誘拐犯ではないと思うし」

「私もそう思っていますが、でもこのタイミングで姿を消したとなると疑う余地があるのではないでしょうか？　一番怪しいのは姑獲鳥ですが、明日木さんの行方も調べないと」

「えー？　そこまでしなくても」

明楽は嫌そうだった。面倒臭いのだろうか？　それとも——

「明楽さん」

葵は眼鏡の奥から明楽をじっと見つめた。

「……何か隠してません？」

「うえ!?」

明楽は声を裏返らせる。その様子がまた怪しい。

「何か隠してるでしょう？　さっきも何だか変でしたもん。私、そういうの気づくんですから」

女の勘的なものはさっぱりないのだが、人の目を気にするがゆえに相手のこともよく観察するのだ。

しかし明楽は白を切る。

「いやいや、何も隠してないよ。何で疑うの？　悲しいなー」

そして葵の肩に手を置いて続けた。

「とにかく葵ちゃんは今日は帰ったら？　もう暗くなるし、これからは妖怪の時間だよ。明日木さんの調査は俺に、姑獲鳥の調査は要や英さんに任せてさ。ね？　……痛っ！」

葵の肩に置いていた明楽の手を叩き払いながら、要は葵に言う。

「確かにもう暗くなるし、あの産女がいないんならパン屋に行っても無駄だ。産女の行方を調べるなら、明日また出直した方がいい」

「明日木さんのことは俺が調べておくって」

「信用できるか」

口を挟んできた明楽に要が冷たく返す。

「そうですね。じゃあ明日木さんのことは今日は諦めます」

葵は明楽の態度を気にしつつ、そう言った。

その後は絹羽を捜して近辺を歩いてみたが、見つからないまま夜が来て、葵たちは猛を寝かせるために一旦宵月荘に帰ったのだった。

翌朝。

葵は『Matin』に行くため部屋を出た。要にも声をかけたが、猛が大きい方を漏らした――というかオムツの隙間から漏れ出てしまって、肌着や服、シーツが汚れる大惨事の真っ最中だった――ので、先に出発したのだ。

要を手伝ってやりたかったが、明日木と絹羽のことも急を要すると思い、葵はパン屋に向かって走った。明日木はいなくても、他の従業員に明日木の引っ越し先を聞けたらいいのだが。

しかし店の前に着いたところで葵が息を整えていると、背後から急に肩を叩かれた。

「あの」

「……！」

びっくりして振り返り、さらに驚く。

そこに立っていたのは明日木だったからだ。パン屋の制服ではなく普段着で、髪も縛っていないのが新鮮だった。

「え、明日木さん……⁉」

引っ越したはずなのに何故ここにいるのかと思っていると、

「話があるんです」

明日木はそう言って葵の手首を掴んできた。

「会えてよかった。あなたを捜そうとしていたところなんです。家が分からないからどうしようかと思っていましたが」

「私に話って……？」

「ここじゃちょっと……。私の家に来てもらえませんか？」

「家？　でも明日木さん、引っ越したんじゃ……」

葵は戸惑いながら言うが、それを聞いた明日木も戸惑っていた。

「引っ越し？　いいえ、私は歳を取らないので定期的に仕事を変えて引っ越してはいますが、まだしばらくはここから引っ越す予定はありませんけど」

「じゃあ、お仕事は？」

「今日は休みですが」

「辞めてないんですか？」

「……？　ええ」

二人して首を傾げる。明楽はどうして嘘をついたのだろうと思いながら、葵は別の部分も気になって尋ねた。

「あの、歳を取らないって？」

「知りませんか？　妖怪は、基本的には子供を産まないと歳を取らないんです。跡継ぎを作って初めて人間のように老いていけるんですよ」

　そう説明する明日木はちょっと悲し気だったが、それについては深く聞けなかったので葵は話を戻す。

「私も明日木さんにお聞きしたいことがあったんです」

「私に？　じゃあちょうどよかったですね。私の家はこっちです」

「あ、待ってください」

　手を引っ張って行こうとする明日木に、葵は待ったをかけた。もし明日木が誘拐犯だった場合、誘われるまま一人で彼女の家に行くのは危険だと思ったのだ。

「どこか他のところで話をしませんか？　喫茶店とか、公園とか……」

「いいえ、あまり人に聞かれたくない話なんです」

「あ、明日木さん……！」

　明日木は強引に葵を連れて行こうとする。か弱そうに見えても、妖怪だからか結構力が強い。葵が抵抗してもずるずると引っ張られてしまう。

「ちょっと待ってください」

「急いでるんです」

　明日木は誘拐犯ではないはずと信じているが、妖怪である彼女にこうやって強引に出られると、ちょっと怖くなってくる。女同士でも腕力は対等ではないと思い知る。

「明日木さん！」

しかし葵がもう一度彼女に呼びかけると同時に、葵の後ろから武骨な手が伸びてきて明日木の腕を掴んだ。

「何してる」

それは要だった。

正確に言うと、色々な処理を終えて清潔になった猛を抱いた、心なしか疲れた表情をしている要だった。なお、猛は晴れやかですっきりした顔をしている。

明日木は要の登場に驚いたようでびくりと肩を震わせたが、尻込みしつつも要と向き合う。

「……ちょうどよかった。あなたに用があったんです。彼女に話をして呼び出してもらえないかと思っていましたが、手間が省けました」

どうやら明日木が本当に用があったのは、葵ではなく要だったらしい。

「じゃあ、うちのアパートに来ませんか？」

葵はふと思いついて提案する。

「明日木さんの家がどこにあるのか分かりませんが、うちのアパートはすぐ近くなんです」

「分かりました。ではお邪魔してもいいですか？」

明日木はその提案を素直に聞き入れた。そうして宵月荘に戻り、二階に上がったところで、明楽の部屋の前で件《くだん》の修一と出くわした。修一はチャイムを鳴らして明楽を呼び出している最中だったようだ。

「あ、もう帰って来ちゃった」

修一はこちらを見てそう言うと、「明楽さん！」と声をかけながらチャイムを連打する。

「うるせー！　修一！　何だよ！」

明楽は寝癖をつけたまま勢いよく扉を開けた。しかしそこで葵たちに気づいて目を丸くする。明日木がここにいることにびっくりしたようだ。

「え、何で……」

「明楽、てめぇ嘘つきやがったな。引っ越してねぇじゃねぇか」

要は親指で明日木を指し、明楽を睨みつけた。

「いやぁ……」

「その話は後にしましょう」

要が明楽をシメそうな勢いだったので、葵は素早く止めた。そして自分の部屋の鍵を開けて、明日木を招き入れる。

「何で彼女がここにいんの？　俺も葵ちゃんの部屋入っていい？」

「構いませんが……」

　葵が了承すると、要や猛に続いて、Tシャツにジャージという寝巻き姿の明楽も部屋に入ってきた。

「あれ？　修一さんは？」

「自分の部屋に帰ったんじゃね？　何だったんだ、あいつ」

　明楽はそう言いながら扉を閉める。

　葵は明日木に座布団を勧めると、要や明楽も適当に座ったところで話し始めた。

「それで明日木さん、話って何ですか？　要さんに用があったんですよね？」

「ええ、誰か妖怪に……できれば強い妖怪に協力してほしいことがあるのですが、私には妖怪の知り合いがいないので」

　明日木は長い黒髪を耳にかけて続ける。

「皆さん、絹羽ちゃんが攫われたこと知っていますか？」

「もちろんです。でも、どうして明日木さんも知ってるんです？」

「今朝のニュースでやってました。それに昨日から噂になってて、うちの店に来るお母さん方が教えてくれたんです」

　真白か警察が聞き込みでもして、それで情報が回ったのだろう。

「私は絹羽ちゃんや犯人の行方を捜したいと思っているんですが、一人では限界があるので他の妖怪の力も借りたいと思ったんです。実は私は犯人は妖怪ではないかと考えているので、人間だけに捜索を任せていても見つからないんじゃないかと思って」

「つまり犯人はお前じゃないってことか？」

要が単刀直入に尋ねる。明日木は疑われていたことに驚いた様子で目を見開いた。

「私ですか？　私はそんなことしません！　……確かに可愛い子供や赤ちゃんを見ていると羨ましいと思うことはあります。私は子供を亡くしていますから」

明日木は悲し気な目をして、要に抱かれていい子にしている猛に視線をやった。

けれど次にはまた要に向き直って力強く言う。

「でも、子供を失う母の気持ちを誰よりも分かっているからこそ、他人の子供を奪ったりなんかしません」

「あの、明日木さんは産女という妖怪ですよね。産女は難産で亡くなった女性の妖怪だと聞きました。つまり明日木さんは元々人間だったということですか？」

聞きにくいことではあったが、葵は明日木のことが知りたいと口を開いた。

明日木は頷いて、自分が妖怪になった経緯を話し出す。

「そう、私はごく普通の人間でした。生きていた時代は昭和の初めです。親同士が決めた相手と結婚したんですが、夫はたびたび私に暴力を振るうような人で……。同居していた義両親も私の味方にはなってくれず、家の中は敵だらけでした」

「ぶぅ」

猛が不快そうに相槌を打つ。葵も明楽も、明日木の不幸な結婚生活を想像して表情を歪めた。

「けれどそんな夫との間にも子供ができ、私は身ごもりました。お腹の中の子は、つらい生活の中での希望になったんです。けれど……お産の時に私も子供も命を落としてしまいました」

「ぎぃ」

猛は悲し気な声を漏らした。葵と明楽もちょっと泣きそうになる。

一方、明日木はそんな葵たちに苦笑して「ありがとう」と言いつつ、話を続けた。

「死後、私と子供は別々に埋葬されました。当時、私の出身地では土葬が当たり前だったんですが、私の遺体は実家に戻され、子供の遺体は義実家の土地に埋められたんです。私はそれが悲しくて悔しくて、成仏できずにいました。自分の赤ちゃんを抱くこともできずに別々に埋葬されるなんてと、夫や義両親を恨んだんです。そうしたら、私のその負の感情に引き寄せられて魑魅魍魎がやってきました」

明日木は静かな落ち着いた口調で、大変だった過去を話す。

「その魑魅魍魎は、その辺でたまに見かけるような小さなものではありませんでした。もっと強力で、恨みや悲しみの念が渦巻いていて……おそらく私と同じような死に方をした女性たちの魂や怨念が集まった魑魅魍魎だったのでしょう。そして私はあえなくこの魑魅魍魎に取り憑かれました。けれど、普通だったら取り込まれて魑魅魍魎の一部になるはずだったと思うのですが、私の遺体はまだ朽ちていなかったので、魑魅魍魎に乗っ取られるような形で妖怪化して蘇り、土の中から這い出たんです」

「そこで産女になったんですね」

「ええ、最初は魑魅魍魎の影響もあって、とにかく夫や義両親を憎みました。彼らを殺して、一族を根絶やしにしようと考えたんです。けれどかつて住んでいた家に向かうと、彼らが思いのほか手厚く私の赤ちゃんを弔っていることが分かり、殺すのはやめたんです。彼らを殺してしまうと、私の赤ちゃんのために祈ってくれる人たちがいなくなってしまいますから」

明日木は我が子の面影を思い出すように一瞬目を閉じた。そしてまたすぐ喋り出す。

「それから私は段々自分を取り戻していきました。他人の赤ん坊や子供を奪おうとする、自分の中の魑魅魍魎を制御できるようになっていったんです。他の母親から子供を奪うようなことはしたくない、彼女たちに自分と同じような思いをさせたくないという気持ちが強かったからでしょうね」

明日木は簡単に言ったが、強力な魑魅魍魎を自分の中で制御するなんて、とてもすごいことなのではないかと葵は思った。

「母は強し、ってことなんでしょうか。明日木さんは見た目こそか弱い女性ですけど、心は誰よりも強くて優しいのかもしれないですね」

『誰よりも強い』という言葉に要がぴくりと反応したが、さすがにここで負けず嫌いを発揮することはなく黙っていた。

「ありがとう」

明日木はまたそう言って控えめにほほ笑む。そして続けた。

「それからは妖怪として人間社会に溶け込み、生きてきました。時々私の赤ちゃんのお墓参りにこっそり行ったりはしますが、長い年月をかけて、子供を失ったことについては気持ちに区切りをつけることができました。生きて動いている彼に会いたかったと思うことは未だにありますが、それは叶わないと受け入れているんです」

明日木はそこで愛情深い視線を猛に送った。明日木の赤ちゃんも男の子だったようだし、猛のような赤ちゃんを見ると、面影を重ねてしまうのかもしれない。

明日木の過去を聞いて、やっぱりこの人が子供を攫うわけないと改めて感じ、葵は申し訳なく思って言う。

「実は私も明日木さんを疑ってしまっていたんです、ごめんなさい。でもそれには理由があって、猛くんを攫おうとした妖怪もウブメという妖怪だったので……。漢字が違うし、産女とは全く別の妖怪だと分かったんですが」

「ウブメ……。やっぱり」

明日木は何か思い当たる節があるようだった。

「やっぱりって？」

「実は以前、月傍公園で怪しい女を見かけたことがあるんです。私、公園を通りかかるといつもつい足を止めて、遊んでいる子供たちを見てしまうんです。けれどその日は私の他にも女が一人、にたりと笑って、まるで物色するように子供たちを見ていました。背格好は……そうですね、私と似ているかもしれません。髪の長さも私くらいで、後ろで一つに縛っていました」

それは前に月傍公園で猛を攫おうとした女なのではないかと葵は思った。防犯カメラに映っていた、絹羽を攫った女とも同一人物だろう。

明日木は続ける。

「私は一目見て彼女が妖怪だと気づきました。彼女は、産女とは全く違う妖怪の姑獲鳥です。私が見ているのに気づくと公園から立ち去ってしまいましたが、それからすぐに三歳の男の子が攫われる最初の誘拐事件が起きたんです」

その後、小学生の女の子が攫われ、月傍公園で猛が狙われ、天嶺の屋敷で妖怪の姿の姑獲鳥が現れ、そして昨日、絹羽が攫われた。

明日木の話を聞き、葵は言う。

「英さんは犯人は同一人物ではない可能性もあると言っていましたけど、やっぱり全て姑獲鳥の仕業じゃないでしょうか？」

「その可能性が高そうだな」

要の言葉に、明楽も「うんうん、きっとそうだ」と頷いている。

「じゃあその姑獲鳥を捕まえるために、明日木さんは要さんの力を借りたかったということですね？」

葵が尋ねると、

「ええ。姑獲鳥はきっと月傍公園の周辺に住んでいると思いますが、捜すにしても人手がいりますし、見つけたとしても私じゃ捕まえられそうもないので」

明日木はそう答えた。産女には、姑獲鳥を倒せるような力はないようだ。

要は猛を片腕に抱いてあぐらをかいたまま、どこかを睨みつけるようにして言う。

「ならさっさと姑獲鳥を見つけ出して、妖怪退治してやろうじゃねぇか」

その後、英も呼び出すと、葵たちは姑獲鳥を見つけるために作戦を立てた。

そして英の提案で、姑獲鳥に〝印〟をつけられ狙われている猛をおとりにすることが決まった。

「絹羽にも印はつけられてなかったようだし、おそらく他の攫われた子供もそうだろう。姑獲鳥は何故か猛に特に執着している。猛をおとりにすればおびき出せるだろう」

葵と明日木はこの作戦に反対したものの、猛は「うぷー！」とやる気を見せた。

そして最終的に、要にこう言われて納得せざるを得なかった。

「心配するな。猛をむざむざ姑獲鳥に奪われたりはしねぇ。俺がちゃんと守る」

そして要は仕事でいないという設定で、姑獲鳥がよく出没する月傍公園へ、葵が猛を連れて行くことになった。しかしそれには要が反対する。

「待て。何で葵が」

「猛一人をベンチに置いといたら、姑獲鳥が現れる前に他の人間に保護されちまうだろ。それに明らかに罠だとバレる」

英はそう言ってから、

「それに猛のことを守るんなら、葵のことも守れるだろ。強い要なら」

と要をおだてる。要はまんまと乗せられて、「当たり前だろ」と作戦を了承した。

そして葵は出かける準備をすると、猛を抱き、一人で立ち上がる。

(怖いけど……絹羽ちゃんたちを早く助けるため、これ以上被害者を出さないために頑張らないと)

葵は内心恐怖を感じながら決意する。猛のことも自分が必ず守らなくてはならないと思った。

しかし葵が部屋を出る直前、要はこう断言してくれた。

「葵、大丈夫だからな。姑獲鳥にバレねぇように隠れてるけど、俺がそばにいる。葵たちに絶対手出しはさせねぇ」

「はい。信じてます」

葵は要を真っすぐ見つめて言う。要の言葉で、いつ襲ってくるか分からない姑獲鳥への恐怖が和《やわ》らいだ。

要ならきっと守ってくれる。

「では、行ってきます」

「気をつけて」

葵が部屋を出る時、明日木も心配して声をかけてくれた。猛だけでなく葵の身も案じてくれているらしく、子を想う母親のような不安そうな顔をしていたのだった。

葵は猛を抱いて宵月荘を出た。要は仕事でおらず、預かっている猛を一人で月傍公園まで散歩に連れて行くという設定だ。

「抱っこ紐欲しい……」

猛の重さに、こんな時でもそんなことを呟いてしまう。

「ぁむんっ！　だっ！　ばいーっ！」

一方、猛は小さな拳を握って気合を入れている。姑獲鳥と戦う気でいるようだ。

「駄目だよ。要さんに任せておこうね」

小声で言って公園へ向かう。途中で姑獲鳥が襲ってくるんじゃないかと空をちらちら見上げてみたりしたが、今のところ何の気配もない。

（むしろ近くにいない可能性の方が高いかも。要さんがいないことに、こんなにすぐに気づくわけないし。……でも、いつも近くにいて、猛くんを攫うチャンスをうかがっている可能性だってある）

葵の緊張は解けないまま、月傍公園に着いた。

「だーいっ！」

「猛くん、落ち着いて」

葵は猛をなだめながら公園内をきょろきょろと見回した。今日は日曜日ということもあって人が多い。

「こんなにたくさん人がいたら、姑獲鳥も出て来られないよね」

出て来てほしくないが、絹羽のことを考えるとさっさと捕まえたいとも思う。

葵はとりあえずベンチに座ってみた。猛を抱いている腕がだるくなってきたが、一瞬の隙をつかれるのが怖くて、一旦ベンチに寝かせることもできない。ぎゅっと抱いていないと不安だった。

葵はのんびり日光浴している振りをしながら、しばらくベンチに腰かけたままでいた。公園内にはたくさんの親子連れがいて、それぞれ楽しく遊んでいる。

「時間かかりそうだな……」

日光浴といっても、姑獲鳥が現れるまで猛を長く日差しに当てておきたくなかった。熱中症や日焼けが心配だ。

このベンチに屋根などはついていないので、葵は辺りを見回して日陰になっている場所を探した。しかし木陰や屋根付きベンチなどは、遊んでいる子供を見ている保護者たちで埋まっている。

「遊歩道の方に行ってみようかな」

遊歩道はちょっとした林の中を通っているので涼しいし、周囲の視線を遮りやすいので、以前も姑獲鳥が現れた場所だ。そこを歩いていた方が姑獲鳥が早く現れるかもしれない。

(林の中に姑獲鳥が潜んでいそうで怖いけど、姑獲鳥が隠れられるってことは、要さんたちも隠れられるし)

きっとそばで監視していてくれるはずだ。

葵は猛を抱いたまま遊歩道を歩き始めた。遊歩道には他にも散歩中の人たちがいて、周りの木々に余分な日差しは遮られているが薄暗くはなく、木漏れ日が明るい。風は爽やかで、時折揺れる木の葉はみずみずしく、太陽に照らされて美しかった。妖怪なんて現れそうな雰囲気ではなく、つい気を抜いてしまいそうになるが、

「あいーっ！」

猛が時々気合を入れてくれるので、葵は緊張感を保ったまま遊歩道を歩いた。

「ここで終わり」

しかし一本道の長い遊歩道を歩き終わっても姑獲鳥は現れない。猛を抱く腕が疲れてきたが、葵は踵《きびす》を返してまた歩き出す。

（絹羽ちゃん、怖い思いしてないかな。早く助けてあげないと）

すでに殺されているんじゃないかとか、最悪の想像はしたくなかった。きっと無事でいるはずと願うしかない。

そしてそうやって、葵が絹羽のことを考えていた時だ。

「――おぎゃあ！　おぎゃあ！」

遊歩道に赤ん坊の泣き声が響く。葵はすぐに、これは姑獲鳥の鳴き声だと気づいた。何故なら普通の赤ちゃんの泣き声と違って、鳥肌が立つような気持ち悪さを感じるからだ。聞いていたくない、不快な声だった。

「何？」

家族連れや老夫婦、遊歩道を散歩していた他の人たちも鳴き声に気づき、周囲を見

回す。みんな猛に一度視線を向けるが、猛は泣いておらず、「いぎー」と不愉快そうに顔をしかめているだけだ。

「どこかに赤ちゃんがいるのかしら？」

「だけど……赤ちゃんの泣き声ってこんなに耳障りだっけ？」

周りの人たちはそんなことを話しながら遊歩道から離れていく。本能的に、不快な声から遠ざかろうとするように。

しかし葵は心臓をバクバクさせながらもその場に留まった。ここで他の人たちについて行って逃げても、姑獲鳥は現れない。

「大丈夫、猛くんはちゃんと守るからね。大丈夫だよ」

葵は猛を見下ろして言うが、声は震えて冷や汗が出ていた。

「ぷぅ」

猛は心配そうに葵を見つめてくる。逆に励ましてくれているみたいだ。

あの鳴き声を出しているからには姑獲鳥は怪鳥の姿で襲ってくるのだろうと、葵は周囲の木々を見回し、警戒した。人が持っている食べ物をトンビが掻っ攫っていくかのように、一瞬で猛を攫われてはたまらない。

しかし遊歩道の奥からゆっくりと歩いてきたのは、人の姿をした姑獲鳥だった。

帽子を被り、長い黒髪を後ろで一つに縛って、ニヤニヤ笑いながらこちらに近づいてくる。

　身に着けている服や靴、帽子はどこかで盗んだものなのだろうか？　男性物も気にせず着ているようだし、色もちぐはぐだ。ファッションセンスがないというより、服を着慣れていないようだった。彼女はきっと、人間社会には溶け込まずに生きてきたのだろう。

「今日は二人だけなのね」

　姑獲鳥はニタリと笑ったまま言う。

「鬼も狐もいないし、嫌な血の匂いもしない」

　姑獲鳥が言っているのは、要と天嶺、そして要の血のついたお札のことだろう。天嶺の屋敷でも同じようなことを言っていた。強い妖怪の存在がよほど気になるらしい。

「その子……」

　姑獲鳥のじっとりとした視線が猛を捉える。明日木とは似ても似つかない、自分の欲望しかこもっていない目だ。

「強い妖怪の子ね。あの鬼の子？　私、そんな赤ちゃんが欲しかったの」

　冷や汗をかき、一歩後ろに下がる葵に、姑獲鳥はさらに言う。

「その子ちょうだいよ。私の子にするから。強い子を育てて、ゆくゆくは私のために働いてもらうのよ。その子がいれば、悪さし放題だわ。今みたいに強い妖怪を気にしながらこそこそしなくてもよくなる。自分自身が強くなくても、子供を攫って強く育て、守ってもらえばいいだけ。それが賢いやり方だと思わない？」

「思わない」

葵ははっきりと言った。葵もコンプレックスを抱えて生きているけれど、それは自分でどうにかしなければならないと思う。

しかし姑獲鳥は、葵の言葉は聞いていない様子で続ける。

「人間の子も一反木綿の子も攫ってみたけど、あれらは弱っちくて駄目だわ」

「絹羽ちゃんは無事なの？」

一反木綿の子、という言葉にハッと反応して葵が言う。しかし姑獲鳥はこちらを馬鹿にしたように笑うだけだ。

「キヌハ？　誰それ？　攫った子供の名前なんてどうでもいいから分からない」

立ち止まっていた姑獲鳥がまた歩き出し、葵たちとの距離を詰めてきた。

（まだ遠い。もう少し……）

葵は緊張しながらも、逃げずにその場に留まって耐える。要が確実に姑獲鳥を捕まえられるタイミングが来るまで待たなければならないからだ。

しかしそこで、まだそのタイミングがやって来ないうちに、葵の後ろの林の中から明日木が飛び出してきた。

「これ以上子供は攫わせない……！」

明日木は猛を攫われたり、葵が怪我をすることを恐れているようだった。だから要が最適なタイミングで助けに入るのを待っていられなかったようだ。

「……産女？」

姑獲鳥は眉をひそめて明日木を見る。別に知り合いではないようだが、一目見て明日木の正体に気づいたらしい。

「絹羽ちゃんはどこなの⁉」

「……何か怪しいわね」

叫ぶ明日木と、目を細めて警戒気味に周囲を見回す姑獲鳥。

そして姑獲鳥は身を翻すと、妖怪の姿になって飛び立とうとした。要たちが潜んでいることに気づいたのかは分からないが、猛のことは一旦諦めることにしたようだ。

「あ、逃げる……！」

葵は明日木に猛を手渡すと、思わず姑獲鳥を追いかけた。空を飛ぶ妖怪を捕まえることなんてできっこないのに、このまま逃がせばまた猛が危険に晒される、そして絹羽や他の子供たちの行方が分からなくなると思ったら、体が動いていたのだ。

「待って！」

しかしそんな葵の行動は、姑獲鳥を少しの間引き留めるには役立った。

「たかが人間が……」

姑獲鳥は警戒心が強いようだが、人間の葵が自分を捕まえようとしているのは癪《しゃく》に障ったようだ。飛びながら舌打ちしてこちらに向き直ると、葵に攻撃を仕掛けようとした。あの不快な鳴き声で耳にダメージを与えようとでもいうのか、くちばしを大きく開こうとしたのだ。

——が、その時にはもう、葵の前には要が立っていた。

「葵に何しようって？」

紅く美しい鬼になった要は、すらりと刀を抜いて構える。そしていつの間にか葵の背後にいた英にこう聞いた。

「殺していいか？」

「いや、子供たちの居所を聞き出さなきゃならねぇ。半殺しだ」

英はタバコの煙を吐きながら言う。

身の危険を感じた姑獲鳥は焦って再び逃げようとするが、その姿が林の中に消えてしまう前に要の刃が片翼を奪う。一瞬の出来事だった。姑獲鳥は悲鳴を上げて地上に落ちる。

「さぁ、終《しま》いだ」

飛べなくなった姑獲鳥は英が拘束した。あっけない幕切れだ。姑獲鳥と相対することさえできれば、要はこんなに簡単に相手を倒せるのだ。

けれどその強い要は、葵の方を振り返ると、鋭い目を少し垂らして気遣わしげに言う。

「大丈夫だったか？」

葵は眼鏡をかけ直し、息をつく。

「だ、大丈夫です。要さんのおかげで」

「姑獲鳥を追いかけ出すから驚いたぞ。捕まえようとしてたのか？」

「すみません、姑獲鳥を逃がしたら子供たちが……と思って」

「さすが葵。度胸あるな。でも危ないぞ」

要はそう言いながら、乱れていた葵の髪を直してくれた。

そして二人が後ろを振り向くと、猛を抱いた明日木のもとには明楽が寄り添っていた。

「明日木さん、怪我はない？」

「……私は平気です」

心配そうな明楽に、明日木はちょっと戸惑っている。監視されていただけの明日木は明楽のことをよく知らないのだろう。

一方、猛は元気そうに「あーい」と声を上げている。あとは絹羽たちが無事に見つかれば一件落着だ。

　その後すぐ、英たちは姑獲鳥を尋問し、攫われた子供たちは全員近くの山の中で見つかった。

　そこに姑獲鳥は大きな鳥の巣のようなものを作り、子供たちを育てていた。と言っても、盗んできた食料を与えるだけだったようだが。

　先に攫われた人間の子供二人は、若干脱水の症状があったが命に別状はなく、警察に引き取られて家に帰された。姑獲鳥の妖怪としての姿も見ていたかもしれないが、英や警察の上層部が、上手く普通の誘拐事件に仕立て上げるだろう。

　そして絹羽も無事に家族のもとに戻った。英が連れ帰ってきた絹羽を、宵月荘の前で真白たちが迎える。

「絹羽！　よかった……！　本当によかった！」

　真白が真っ先に絹羽を抱きしめ、白羽や父親も涙を滲ませて後に続く。葵や要もその様子を見守っていた。

「おかあさん……」

　一方、絹羽は真白がこれほど自分を心配していたことに驚いたようだった。

　そして不思議そうに、ぽつりと言う。

「おかあさん、わたしのことすきなの？」

真白はその質問の意味を理解できずに一瞬固まった後、「当たり前じゃない！」と言い切る。

「どうしてそんなふうに思うの？　私が絹羽を好きじゃない、って思ってたの？」

「……うん」

絹羽は小さく頷いてから続ける。

「だって、いつもおねえちゃんのことばかり『かわいい』って言うから」

そう言われて真白は面食らったようだった。絹羽はまだ何も分からないはずと思っていたのだろう。

けれど子供は意外と色々なことを理解しているのだ。

何も返せず唇を結ぶ真白に、葵が声をかける。

「真白さん、絹羽ちゃんにちゃんと言ってあげてください。絹羽ちゃんのことも可愛いと思ってるし、愛してるって」

真白は葵の方を見てゆっくり頷くと、絹羽に再び向き直った。

「絹羽……ごめんね。私が他の人に話してること、聞いていたのね。でもお母さんは、絹羽のことも白羽と同じくらい可愛いと思ってる。だって絹羽は、お母さんの大好きなお父さん似だもの。愛おしく思わないはずないでしょ。絹羽のお顔、すごく可愛いよ」

真白はしゃがんで絹羽の頬を両手で包んだ。絹羽は照れて嬉しそうにしている。

「きぬは、いいなー！　お父さん似で」

「私そっくりな白羽ももちろん可愛いわよ」

羨ましそうな白羽に真白が言う。そして父親や白羽が「お腹が空いただろう」「いっしょにお風呂入ろう」と言いながら絹羽を連れて行くと、真白はその後ろ姿を見ながら葵に呟く。

「私、親として最低な行動を取ってたみたい……。絹羽はまだ小さいし、私の言ってることなんてよく分かっていないと思ってたのよ」

「どうして白羽ちゃんのことだけ褒めていたんですか？　私にも『絹羽は地味だけど白羽は可愛い』というようなことをおっしゃっていましたよね」

「改めて聞くと本当に最低ね……」

真白は反省している様子で言う。そしてこう説明した。

「実はね、二人を他人に紹介する時、周りから何度かこんなことを言われたの。『絹羽ちゃんの方はお父さん似ね。お姉ちゃんはぱっちりおめめなのにね』って、憐れむように絹羽のことを見ながらね。『可哀想ね』なんてことを言われたこともあったわ。白羽っていう比較対象がいるし、二人は全然似てないから、みんなついそう言ってしまうみたい」

「絹羽ちゃんだって可愛いのに」

葵も静かに憤慨しながら言うと、真白も同意する。

「そうよ。地味でも派手でも可愛いものは可愛いのよ。それにその人の愛らしさは、性格や仕草によってでも変わってくるしね。その点、絹羽は性格も可愛いのよ。控えめで恥ずかしがり屋でね」

「分かります」

葵は深く頷いた。もちろん白羽も、明るくて屈託がなく可愛い。

真白は少しうつむいて続ける。

「私、周りから絹羽の容姿のことを色々と言われるのは嫌だったのよ。だから自分で先に言ってしまっていたの。他人から言われるのは許せなかったから。でも、絹羽にとっては母親から言われることほど悲しいことはないわよね」

「ええ、そう思います。でも今ならまだ絹羽ちゃんは自信を取り戻せます。真白さんが、他人の前でもちゃんと絹羽ちゃんへの愛を言葉にしてあげれば」

葵がそう言うと、真白は眉を下げて笑い、こう宣言した。

「これからは親ばか全開で行くわ。他人がとやかく言えなくなるくらい、絹羽のことも白羽のことも褒めちぎることにする。だって二人とも妖怪だけど、私にとっては天使なんだもの」

　そして最後に葵に向かって礼を言う。

「ありがとう、葵ちゃん。葵ちゃんのおかげで、絹羽を思い切り可愛がってあげられるわ」

　他人の家庭のことに口を出すのは、と迷った部分もあったが、やはりお節介をしてよかったと胸を撫で下ろす。

「葵ちゃんもきっと絹羽と同じで、色々なことに気がつく繊細な人なのね。私はガサツだから、葵ちゃんみたいな人に子供を預かってもらえて安心だわ。私では気づけない部分に気づいてもらえる」

「そんな……ありがとうございます」

　一度謙遜しようとしたが、思い直して素直に褒め言葉を受け取った。何だか照れてしまう。

（私、自分の性格にも自信が持てたことはなかったけど、細かいところを気にしてしまうところも、子守りをする上では長所になるのかな）

　葵はそんなことを思いながら真白を見送り、要と猛と共にアパートの二階に戻る。

「そういえば猛くんの額のあざ、消えてますね。姑獲鳥を捕まえたからでしょうか。……あ、知多さん」

自分たちの部屋に向かう途中で、件《くだん》の修一がちょうど部屋から出てきた。これからスーパーに行くのだと言う修一に、要が不満そうに言う。

「ところでお前、肝心な予知はしねぇよな。お前の能力があれば、もっと早く姑獲鳥を捕まえられたどころか、誘拐事件を未然に防げたかもしれねぇのに」

するとと修一はフッと笑ってこう返した。

「要さん、僕はね、大災害とか戦争とかの予知はもちろん、物騒な事件の予知もしたくないんですよ。不気味な妖怪の件《くだん》ではいたくないんです。これを人に言うのは初めてですが、僕の憧れは妖怪ではなくキューピッドなんです」

「キューピッド？」

「恋のキューピッドです」

「突然どうした、お前」

要が突っ込むが、修一はフフフと笑いながら財布片手にスーパーへ行ってしまったのだった。

「お二人はもうちょっと時間がかかりますね」

という予言を残して。

後日、葵は『Matin』にいた。店内の小さな飲食スペースでパンを食べながら、休憩中の明日木と向かい合って話をする。

「いきなりですけど、明日木さんは恋をするつもりはないんですか？」

「恋、ですか？」

明日木はアイスコーヒーを飲みながら戸惑っている。この前、修一が「恋のキューピッドに憧れる」と言った後から、葵は恋について考えていたのだ。

「そうです、恋です。恋をして、今度は優しい旦那さんとまた家族を作りたいと考えたりしませんか？　亡くなったお子さんのことはずっと心にあると思いますが、明日木さんはまたお母さんになりたそうに見えます」

「……もちろん、そうできたらいいと……最近は思うようになってきました。また子供を授かれたらって」

明日木はそう言った後、苦笑いして続ける。

「だけど、恋人になってくれるような相手がいませんから」

「じゃあ、あの……！　一緒に頑張りましょう！」

葵は少し腰を浮かせて、勢いよく言う。

「私、いつまでも後ろ向きでうじうじするのはやめにすることにしました。今までは私のことを好きになってくれる相手なんているはずないって思っていましたが、これからは前向きに、仕事も恋も頑張りたいなと思っているんです。——幸せになるために、誰かを愛して愛されるために努力をしようって」

　葵の瞳は明るく輝く。明日木はそんな葵を見てくすりと笑った。

「でも葵ちゃんにはもう、想ってくれている相手がいるようだけど」

「え、どういうことですか？」

　葵は意味が分からず首を傾げる。

「自覚がないのね。もっとも、向こうも自分の気持ちが恋だとは分かっていないのかもしれないけど。きっと未知の感情でしょうから」

　明日木はストローをグラスの中で回し、揺れるアイスコーヒーを見ながら続けた。

「でも、そうね。幸せは自分で掴まえなきゃ。私を好きになってくれるような、物好きな妖怪を探さなきゃね」

「え？」

　葵が目を丸くしたのは、明日木の発言に対してではない。明日木の後ろの席にいつの間にか座っていた明楽が、こちらを見て挙手していたからだ。

「明楽さん！　びっくりした。英さんみたいなことしないでください。いつからいたんですか？」

「最初からだよ」

　明楽は葵に明るく言う。そして片手をビシッと挙げたまま、真面目な顔をして明日木を見た。

「明日木さん、物好き、ここにいます！　っていうか、物好きじゃないと思います！

明日木さん、普通に綺麗なんで！」

「えっと、ふざけてます？」

明日木はちょっと怒って言った。明楽の喋り方がふざけているように聞こえたのだろう。

しかし明楽は真面目な喋り方ができないだけで真剣なようだった。

「ふざけてないよ！　本当に！　俺、明日木さんのことを監視しているうちに、好きになっちゃったっていうか……」

明楽は恥ずかしそうに告白する。

「それで明日木さんの過去を聞いて、今度は俺が幸せにしたいって思って……。今はフリーターだけど、ちゃんと就職するし、絶対、元旦那みたいに明日木さんを悲しませたりしない。きっとあなたが毎日笑ってられるようにするから……だから俺と付き合ってくれませんか？」

明楽の目は真剣だった。いきなりのことで明日木は完全に面食らっている。

けれど明日木と明楽は意外とお似合いかもしれない。つらい経験をした明日木の心の陰を、明るい明楽が照らしてくれそうな気がするのだ。

「あのー……悪い人ではないので、考えてあげてみてはどうですか？」

　恋が始まる予感にわくわくしながら、葵はそっと明日木に言ったのだった。


「二人はお友達から始めるようですよ」

　宵月荘に帰ると、猛を連れて葵の部屋にやって来た要と、絹羽の様子を見に来ていた英に、葵は明楽たちのことを説明した。

「明楽さんが、明日木さんが引っ越したとか仕事を辞めたなんて嘘をついたのは、今回の一件に関わらせたくなかったからみたいです。まぁ、嘘をついたことで逆に怪しんじゃいましたけど、英さんや要さんから明日木さんを遠ざけて、これまで通りの平穏な生活を送らせてあげたかったとか」

「あいつ、俺たちのことを何だと思ってんだ。関わったら不幸になるみてぇな言い方だな」

　英が片眉を上げて言うので、葵はちょっと笑った。

「しかし明楽が真面目に恋をするとはな」

「上手く行けばいいですよね」

　葵は笑顔で返したが、英は特に返事をしなかった。どうでもいいようだ。

　会話が止まってしまったので、葵は眠っている猛を見ながら自分の話題を振る。

「そう言えば私、もうしばらく漫画家を続けられそうなんです。新作の妖怪物のネームを担当編集者さんに見せたら好感触だったんですけど、昨日の夜に連絡があって、なんとその漫画の連載が決まったんです。本当は他の漫画家さんが連載予定だったんですけど、ちょっと事情があってその話はなくなったらしく、その穴埋めという形ですが急遽決まりました」

「よかったな」

そう言ってくれたのは要だ。おそらくネームが何かも分かっていないだろうが、葵が嬉しそうにしているので要も一緒に喜んでくれたのかもしれない。

「はい、ありがとうございます。妖怪の着想を得られたのはみなさんのおかげです。これだけトントン拍子に決まったのは幸野ちゃんのおかげもあるかもしれませんが」

けれど連載が決まっただけで喜んでいたら、またすぐに打ち切りを食らってしまう。面白い漫画を描くために、これからも努力し続けなければいけない。

「鬼は強く描けよ。妖狐は弱くていいから」

釘を刺してくる要に笑いつつ、葵は続ける。

「なので、子守りもまだ続けます。就職することになったら難しいと思ってたんですけど」

好きな漫画を描きながら、可愛い子供たちの世話をする。これは自分にとってとても幸せな生活ではないかと葵は思った。子供たちはもちろん、要や英といった大人の知り合いもでき、毎日が楽しいから。

　それにここの妖怪たちは葵を認めてくれる。

「そいつはよかった。もう子供たちはお前に懐いてるからな」

「ああ、葵がいないと困る」

　英と要が順番に言い、英は要に向かってこう続けた。

「無職のお前は、葵がいなくたってそれほど困らねぇだろ。猛のことは自分で面倒見りゃいいんだ」

「まぁ猛のことはそうだが……」

　要は首を傾げながら言う。自分でも、葵がいないと何故困るのかよく分かっていない様子で。

　と、その時、ローテーブルに置いていた葵のスマートフォンが振動した。

「……あ、電話。ちょっとすみません」

　画面には『お母さん』の文字が表示されている。葵は一瞬ドキッとしたが、部屋の外に出てから電話に出た。ここに越してくる前と比べると、今は母と話す勇気を持てている。

「お母さん？　どうしたの？」

『どうしたのじゃないわよ』

母親はいつもの調子で喋り始める。

『漫画はどうなったの？　新しい仕事は？　ちゃんと生活はしていけてるの？』

質問しておきながら、葵に答えさせる隙を与えてくれない。

「ちょっと待って」

母はいつもこうだ。これまでなら、自分への自信のなさも相まって萎縮してしまっていただろう。電話を切った後も、あんなこと言われた、こんなこと言われたとへこんでいたに違いない。

でも今はそれほど萎縮せずにいられる。妖怪の子守りを始め、子供たちや要と接するうちに少しずつ溜まってきた自信が、葵を卑屈にさせないでくれた。

（それに、お母さんから愛されることだけが全てじゃない）

葵は電話をしながら、要のことを思い浮かべた。要はよく「さすが葵」と言ってくれる。葵のことを認めて、誰とも比べたりしない。

そう思うと満たされた気持ちになり、子供の頃から感じていた、姉より愛されていないのではないかという寂しさも埋まっていく。

『ほんと、お姉ちゃんに比べてあなたは昔から――』

だから母親が電話口でまたそう言い出して、きっと「駄目な子ね」と続くんだろうと分かっていても、葵の胸は痛まなかった。

しかし母親は、予想に反してこう続けた。

『――お母さんに心配ばかりかけて』

「え？　心配？」

葵は思わず言う。

「お母さん、私のこと心配してるの？」

すると電話の向こうで、母親は呆れたように答える。

『当然でしょ、娘なんだから。それに葵はお姉ちゃんみたいに器用じゃないからね。いつも心配してるわよ。この前なんてお姉ちゃんに、「昔からお母さんは葵のことばっかり心配してるよね」なんて言われたわ』

「そうなんだ……」

母は母なりに、葵に愛情を持っていてくれたようだ。姉のように幸せになってほしいという想いから、いつも葵を姉と比べてしまっていたのかも、と思った。

でも、それでも葵は実家に帰る気はなかった。それは単純に、まだこのアパートにいたいと思うからだ。

「あのね、お母さん。私のことは心配しないで」

そして漫画家をまだ続けられそうだと説明する。

「だから実家にも帰らない。それにね、今住んでるアパートもいい人たちばかりで、私は楽しくやってるよ。お姉ちゃんと比べると頼りないかもしれないけど、私は私なの。私はこれで充実してるんだよ。だからお姉ちゃんと比較するのはやめて」

葵は自然に、けれどはっきりと自分の気持ちを伝えた。

すると母親も『葵が楽しくやってるならいいけど……』と一応納得する。今まであまり言い返してきたことのない娘が、こんなふうに自分の気持ちを言葉にしたことに面食らっているようでもある。

母親を説得し、電話を切ると、葵はふぅと息をついた。ちょっとすっきりした気持ちだ。

そして部屋に戻ると、英はいなくなっていた。

「あれ？　英さん帰ったんですか？　いつの間にかいて、いつの間にかいなくなりますね」

玄関には私がいたのにどこから帰ったんだ、と思いつつ腰を下ろすと、要が不安そうな顔をしてこちらを見ていることに気づいた。

「母親からか？　実家に帰るとかって聞こえてきたが……」

「いいえ、帰らないって伝えたんです」

葵は笑って返す。

「宵月荘が好きだから」

「そうか」

「要さんもいますし」

「？」

　きょとんとしている要に、葵は笑顔のまま言う。

「要さんのおかげで、私、ここで楽しく前向きに生活できてると思うんです」

　そして要に向き直ると、改まって正座をした。片手を差し出し、ちょっとドキドキしながら続ける。

「……私たち、お友達ということでいいんでしょうか？　これからも末永くよろしくお願いします」

　友達じゃないと言われたらどうしようかと心配したが、要はパァァと表情を明るくして嬉しそうに葵の手を握った。

「おう、友達！　もちろん友達だ。友達って特別な関係だからな」

「そうですね。ただの顔見知りよりは特別です」

　レアな要の笑顔に釣られて、ふふ、と葵も笑う。

「あ、でも、私たちが友達になったら、要さんの奥さんは怒るでしょうか？　前からちょっと気になっていたんです。私のせいでお二人の関係が悪くなったらどうしようかと」

「奥さん？」

「あ、元奥さんですか？　それとも籍は入れていませんでした？」

「何の話だ？」

葵の手を握ったまま、要は首を傾げる。葵も要の手を握ったまま尋ねた。

「何のって……。猛くんのお母さんの話です。猛くんのお父さんが要さんだから、猛くんのお母さんは要さんにとっては奥さんですよね？」

「いや、ちょっと待て」

要は眉根を寄せて訂正する。

「俺は猛の父親じゃない」

「あぶ」

猛も頷いた。

「俺は猛の叔父《おじ》だ。つまり猛は俺の姉貴の子供」

「ええ⁉」

葵は驚いて握手したままの要の手を離したが、要は握ったままだったので結局離れなかった。

「お姉さん……そう言えばお姉さんがいるって言ってましたね」

要は自分の姉のことを恐れていて、あまり話したがらなかったことを思い出した。

要は葵の手をぎゅっと握って、恐ろしい怪物の話をするかのように言う。

「ああ、あいつは恐ろしい奴だ。俺が勝てない相手がいるとしたら姉貴だけだ。それぐらい強くて……理不尽だ。二ヶ月前に突然現れて、子供ができたから面倒見ろっつって、まだ生後間もない猛を押しつけていきやがった。なんでも、凶悪な吸血鬼を倒す依頼が入ったから、ヨーロッパに行かなきゃならねぇって」

「お姉さんも悪い妖怪を退治するような、裏の仕事をしておられるんですか？」

「そうだ。あいつにも情があったみたいで猛のことは心配してたが、何人も人を殺してる吸血鬼のことも放っておけねぇから、『捜し出してぶち殺してくるわ』っつって」

何だか強烈なお姉さんだなと思いつつ、猛を抱いて小さくなっている要の肩を撫でる。

「じゃあ、お姉さんが戻ってきたら寂しくなりますね。猛くんと離れちゃいますし」

「や、やめろ。戻ってくるとか言うな」

「あ、すみません」

戦慄《せんりつ》している要に葵は謝る。けれど要は、次にはぐっと目に力を込めて言う。

「それに猛はしばらくは俺が世話をする。父親は誰だか分からねぇし、姉貴は戦うのが生きがいのような奴だから、どうせまたすぐに仕事に行くだろうしな。それにガサツな姉貴に猛を任せるのは心配だ」

　要がそれを言うかと思ったが、葵は口には出さないでおいた。それにどうやら要は、猛に情が移ってしまったようだ。単純に離れるのが寂しいという気持ちもあるのだろう。要の猛を見る目は優しい。

「ぱー！」

と、猛も要を見つめて、小さな手で服を掴んだ。猛も要が好きなのだ。

葵は叔父と甥《おい》っ子のほのぼのした光景を眺めつつ、こう言う。

「じゃあ、猛くんのお母さんには気を遣わなくていいんですね。遠慮なく要さんと仲よくできます」

「そうだな」

　要は笑って言う。握手したまま、まだ手は繋がっていた。

　二人でにこにこ見つめ合っていると、

「天然が二人揃うとこうなるんだな」

帰ったと思っていた英が、そんなことを言いながらトイレから出てきた。

「英さん？　いたんですか!?」

「俺はお前らが恐ろしい。要もまさかこんなキャラだったとは」

「何の話ですか？」

葵が尋ねても、英は「天然って恐ろしい」と返してくるだけだ。

「何なんですか、もう」

恋愛に関しての知識が乏しく、どこかずれた葵と要なので、二人が本当に特別な関係になるまでは、修一が予言したように時間がかかるだろう。

「ぷぅ……」

猛も英と同じく、呆れたように二人を見て、やれやれとため息をついたのだった。

本書は書き下ろしです。
この物語はフィクションです。
実際の人物・団体等とは一切関係ありません。

ポルタ文庫
あやかしアパートの臨時《りんじ》バイト
鬼《おに》の子《こ》、お世話《せわ》します！

2020年 1月29日　初版発行

著者　三国 司

発行者　田村 環
発行所　株式会社新紀元社
〒101-0054
東京都千代田区神田錦町1-7　錦町一丁目ビル2F
TEL：03-3219-0921　FAX：03-3219-0922
http://www.shinkigensha.co.jp/
郵便振替　00110-4-27618

カバーイラスト　pon-marsh
DTP　株式会社明昌堂
印刷・製本　株式会社リーブルテック

ISBN978-4-7753-1794-5